Eternizado em âmbar

Editora Appris Ltda.
1.ª Edição - Copyright© 2024 da autora
Direitos de Edição Reservados à Editora Appris Ltda.

Nenhuma parte desta obra poderá ser utilizada indevidamente, sem estar de acordo com a Lei nº 9.610/98. Se incorreções forem encontradas, serão de exclusiva responsabilidade de seus organizadores. Foi realizado o Depósito Legal na Fundação Biblioteca Nacional, de acordo com as Leis nᵒˢ 10.994, de 14/12/2004, e 12.192, de 14/01/2010.

Catalogação na Fonte
Elaborado por: Dayanne Leal Souza
Bibliotecária CRB 9/2162

G791e 2024	Greco Regly, Caroline
	Eternizado em âmbar: 8 milhões de pessoas no mundo, quais as chances de um reencontro? / Caroline Greco Regly. – 1. ed. – Curitiba: Appris, 2024.
	203 p. : il. ; 23 cm.
	ISBN 978-65-250-6479-6
	1. Amor eterno. 2. Reencontros. 3. Redenção. 4. Traição. 5. Milagres. 6. Perdão. I. Greco Regly, Caroline. II. Título.
	CDD – B869.93

Livro de acordo com a normalização técnica da ABNT

Appris editora

Editora e Livraria Appris Ltda.
Av. Manoel Ribas, 2265 – Mercês
Curitiba/PR – CEP: 80810-002
Tel. (41) 3156 - 4731
www.editoraappris.com.br

Printed in Brazil
Impresso no Brasil

Caroline Greco Regly

Eternizado em âmbar

artêra
editorial
Curitiba, PR
2024

FICHA TÉCNICA

EDITORIAL	Augusto Coelho
	Sara C. de Andrade Coelho
COMITÊ EDITORIAL	Ana El Achkar (UNIVERSO/RJ)
	Andréa Barbosa Gouveia (UFPR)
	Conrado Moreira Mendes (PUC-MG)
	Eliete Correia dos Santos (UEPB)
	Fabiano Santos (UERJ/IESP)
	Francinete Fernandes de Sousa (UEPB)
	Francisco Carlos Duarte (PUCPR)
	Francisco de Assis (Fiam-Faam, SP, Brasil)
	Jacques de Lima Ferreira (UP)
	Juliana Reichert Assunção Tonelli (UEL)
	Maria Aparecida Barbosa (USP)
	Maria Helena Zamora (PUC-Rio)
	Maria Margarida de Andrade (Umack)
	Marilda Aparecida Behrens (PUCPR)
	Marli Caetano
	Roque Ismael da Costa Güllich (UFFS)
	Toni Reis (UFPR)
	Valdomiro de Oliveira (UFPR)
	Valério Brusamolin (IFPR)
SUPERVISOR DA PRODUÇÃO	Renata Cristina Lopes Miccelli
PRODUÇÃO EDITORIAL	Emily Pinheiro
REVISÃO	Manuella Marquetti
DIAGRAMAÇÃO	Lucielli Trevizan
CAPA	Eneo Lage
REVISÃO DE PROVA	Jibril Keddeh

Em memória de duas gigantes, minha avó Maria da Penha (1947-2010), tão guerreira e apaixonada por Aghata Christie, e minha bisavó Odette (1928-2008), um amor para além da vida. Vocês estarão sempre presentes em mim.

E à nossa Manu, nossa pequena bebê que ficou pouco tempo nesse mundo, talvez porque era boa demais para ele. Você mudou minha vida, e esse livro só existe por você.

AGRADECIMENTOS

Ao meu principal incentivador a escrever este livro, me encorajando a me arriscar, a acreditar em mim, meu marido, Vinícius Regly, também o meu primeiro revisor.

À minha linda mãe, Tania Rodrigues, que me repassou seus princípios, sua honra e sua dignidade, espero ser forte como você foi sempre, te amo incondicionalmente, serei sempre seu raio de luz.

À minha forte tia/mãe, Sônia Laranja, que tantos livros me emprestou, sempre foi uma incentivadora da leitura e da minha escrita. Puxamos Vó Penha.

Ao meu tio bonitão, que o que tem de mais lindo é o próprio coração, Manuel Laranja.

Ao meu pai, Marco Antonio Greco, você é uma saudade em vida. Meu amor de filha é para sempre.

Aos meus tios Luiz Garcia, Antonio Roque e Sergio Cabral, que sempre tiveram palavras acolhedoras e inspiradoras, figuras paternas quando eu mais precisei.

Ao meu sogro, João Batista Regly, que de tantas maneiras foi um pai para mim, junto a Marcinha e sua família, que me acolheram como sua filha, como meus irmãos, Vivi, Roberta e Marquinhos.

Às minhas primeiras irmãs da infância e de toda vida, Simone Miller Wood e Lívia Spitz, não importa o tempo ou a distância, vocês sempre estarão nas minhas melhores memórias.

À minha amiga, colega de trabalho, irmã de alegrias e dores, incentivo diário Juliana Gouvea, obrigada por tudo sempre. Nasce um livro meu e um João seu, todos nossos.

A Amanda Parmanhani, eu não cheguei aqui sem você, que muitas vezes colocou minha cabeça de pé. Choramos e sorrimos juntas, tudo nos fez crescer.

À minha querida cunhada e amiga Iris Regly, sempre perto, sempre com uma palavra de acolhimento e amor, quem me deu os meus maiores presentes, Lis e Noah, meus filhos de coração.

À minha amiga de aventura e sonhos Camila Teixeira, eu te admiro muito.

Às minhas primas Tamara e Thayná, a razão e a emoção, a dupla perfeita, sem a qual não consigo imaginar a minha vida, tanto nas vitórias quanto nas derrotas.

A todas as mulheres guerreiras da minha família, entre elas tia Tereza, Lisa, minha falecida avó Eunice, tia Tania, Camila Greco, que não desistem nunca, e me inspiram a não desistir também.

À minha longa lista de primos, todos, sem exceção, amo vocês.

Hugo e Paulinha, vocês são ímpar. Luz e energia positiva. Um refresco para a alma.

E, por fim, porém não menos importante, a todos os professores maravilhosos que tive na vida, principalmente Bibiana Beurmann, que abriu a minha mente para criatividade, e minha querida Constância Kelly, dona de toda literatura, gramática e redação que eu tive o prazer de aprender, que fez base para toda minha carreira na advocacia e neste livro, e se, em algum lugar, alguém achou que eu escrevo bem, foi por causa dela.

SUMÁRIO

CAPÍTULO 1 ... 11

CAPÍTULO 2 ... 15

CAPÍTULO 3 ... 23

CAPÍTULO 4 ... 29

CAPÍTULO 5 ... 35

CAPÍTULO 6 ... 41

CAPÍTULO 7 ... 45

CAPÍTULO 8 ... 53

CAPÍTULO 9 ... 57

CAPÍTULO 10 ... 63

CAPÍTULO 11 ... 67

CAPÍTULO 12 ... 71

CAPÍTULO 13 ... 83

CAPÍTULO 14 ... 91

CAPÍTULO 15 ... 97

CAPÍTULO 16 105

CAPÍTULO 17 113

CAPÍTULO 18 117

CAPÍTULO 19 121

CAPÍTULO 20 127

CAPÍTULO 21 133

CAPÍTULO 22 139

CAPÍTULO 23 143

CAPÍTULO 24 149

CAPÍTULO 25 159

CAPITULO 26 163

CAPÍTULO 27 171

CAPÍTULO 28 177

CAPÍTULO 29 183

CAPITULO 30 193

CAPÍTULO 31 199

CAPÍTULO 1

Uma gargalhada, naquele ambiente, não era muito comum. A música ambiente não ofuscava os diálogos, mas de repente aquela risada estrondosa sim, certamente aquela garota não sabia a importância do lugar. Negócios multimilionários eram fechados ali com apertos de mão. Os mais importantes acordos eram assinados. Era uma noite decisiva para Frank, e aquela gargalhada lhe ofuscou o raciocínio.

Foi impossível não olhar naquela direção para descobrir quem emitia o ruído, que era contagiante, pois outros da mesma mesa começaram a rir também, mas não havia como comparar. Ela estava de lado, gesticulando, seu cabelo castanho mexendo para lá e para cá, rindo e provavelmente fazendo-se ouvir pelas mesas ao redor. Ele só ouvia a risada, havia cerca de quatro mesas entre eles.

Foi quando uma ligação lhe tirou daquele estado de distração. Ele se levantou para atender na varanda do restaurante, um anexo para privacidade dos clientes. Era seu irmão caçula, William, ao telefone querendo saber como passar pela fase final de God of War, jogo do Playstation 4.

— É sério que você me ligou para isso, Will, não dava mesmo para esperar chegar em casa?

Foi quando, através da janela, ele a viu se levantando, a miss gargalhada, ficando de costas para ele, em um vestido *rosé* que provavelmente não mostrava nada na frente, já que, na parte de trás, as costas estavam esculpidas em um decote generoso, no qual o cabelo solto caía como uma cascata quase na altura do quadril, de uma cor castanho claro que deveria mudar com o sol.

Já sem nem ouvir o que o irmão dizia do outro lado da linha sobre o jogo idiota, que é claro, ele também adorava jogar, desligou o telefone, colocando-o no bolso do terno.

Ele voltou ao interior do restaurante e a viu se dirigindo aos toalhetes, dando-lhe uma boa visão das suas curvas impecáveis, dos saltos que não eram um Jimmy Choo, mas deixavam suas pernas torneadas lindamente expostas. Sem pensar duas vezes, ele abruptamente decidiu que queria ir ao banheiro também. Não havia necessidade de informar aos outros da

Caroline Greco Regly

mesa aonde ele iria, ou pedir desculpas pela interrupção e ausência, afinal, naquela reunião, as presenças realmente relevantes eram de seu irmão Michael, sete anos mais velho, e de seu pai, o implacável Sr. Hans van der Berg, mesmo que a ideia que gerou aquele encontro tenha começado com ele mesmo, o van der Berg do meio, Frank. Então só passou reto pela sua mesa em direção aos banheiros.

Passou pela mesa em que a estranha das gargalhadas estava, olhou discretamente para as mulheres, e certamente eram todas maiores de 21 anos, então com sorte ela também teria a mesma idade.

Parado em frente ao espelho entre os banheiros feminino e masculino, esperou enquanto ela estava lá dentro, há um ou dois minutos. Enquanto disfarçava, Frank olhou pelo reflexo na direção onde estava seu pai e os outros executivos, pensando em todas as ideias que poderia expor que agregariam na empresa, e seu pai as ouviria, pois mesmo com a diferença de idade entre os irmãos, Frank sempre parecera mais destinado aos negócios da família que Michael, mesmo que, tão logo Frank abrisse a boca, seria lembrado por seu irmão mais velho de que ele mal terminara a faculdade e estava ali para aprender, sendo zombado por ele de estagiário da empresa da família. A raiva começou a transparecer naquele espelho e, buscando aliviar, pensou, "quando ela sair, vou me aproximar, quero essa mulher ainda hoje, quem sabe ela me faz rir também".

Mas, quando ela saiu e se olhou no espelho distraída, ajeitando o cabelo, ele pôde reparar bem na garota, e certamente ela teria menos de 21 anos; "mas talvez, chegando mais perto eu possa ver que ela tem pelo menos 18 anos", pensou ele, torcendo por isso.

Ao esbarrar nela de propósito, pensou que era clichê, mas resolveria. Sua bolsa caiu e imediatamente ele se agachou para pegá-la, por tempo o suficiente para que pudesse reparar nas belas pernas pouco expostas pelo vestido que ela usava, na altura dos joelhos, e na pele descoberta. Quando se levantou entregando a bolsa, a decepção ao perceber que ela não teria nem 18 anos foi enorme. Ele encarou seus olhos cor de âmbar contornados com lápis preto, o que realçava ainda mais a raridade daqueles olhos, seu rosto com pouca maquiagem, ele pensou que nem precisava de nenhuma. Foram segundos que pareceram uma eternidade, sentiu inocência naquele olhar, de fato, ela também o encarava em silêncio, quando abruptamente ele pediu desculpas pelo esbarrão e entrou no banheiro.

Eternizado em âmbar

— Sério, Frank?! — disse a si mesmo e continuou em pensamento. "Você está querendo mostrar seu valor na empresa e quase vai preso por se envolver com uma menor de idade? O que eu tenho na cabeça? Ou nas calças? Mas que olhos, nunca vi nada igual, nem castanhos, nem verdes, um pouco dourados, uma cor de âmbar, difícil de esquecer."

CAPÍTULO 2

Era a viagem da sua vida, no dia 10 de novembro Amber faria 15 anos e estava em New York. Podia ter sido a Disney, mas ela era uma adolescente eclética, e com suas fortes influências de *Gossip Girl* e *Friends*, New York era a escolha perfeita. É claro que aí tinha muita influência de sua tia Sara, irmã de sua mãe, com pouco menos de dez anos de diferença.

Mesmo sabendo que a idade para beber nos EUA era de 21 anos, o que ela queria mesmo era conhecer o encantamento daquela vida, aquele charme metropolitano que via nos filmes e nas séries, mesmo que fosse por pouco tempo.

Então Amber escolheu um intercâmbio de um mês como presente de aniversário de seus pais, que se concluiria bem no dia do seu aniversário, em New York, e não tinha como estar mais empolgada com isso. Já tinha um nível avançado de inglês, fizera três anos de curso, tinha um pai americano em casa, que falava português o tempo todo, mas dava umas aulinhas a Amber desde nova, então ela não passaria vergonha na terra do tio Sam.

O intercâmbio garantiria que seu inglês fosse fluente, e que ela passasse na prova de proficiência que pretendia fazer no final do ano. Além disso, abriria portas no ramo da tradução, o que era um início para quem ela deseja ser profissionalmente.

Para todos os efeitos, não tinha muita sobra nesse orçamento, seus pais tinham uma ótima condição financeira, mas não eram ricos, economizaram para a festa de debutante, que virou viagem de 30 dias, passagens de ida e volta, alguns passeios, o custo do curso, algumas roupas diferentes e lembranças para os seus pais, um globo de neve para sua mãe "diretamente de Manhattan" com certeza seria o destaque na sua mesa de estudos, e para o pai, uma gravata Ralph Lauren para ocasiões especiais, não para o dia a dia, e sim para aqueles congressos de medicina, nos quais ora era ouvinte, ora era palestrante, "papai merece", ela pensou.

Seu pai, Richard Benson, nascido nos Estados Unidos, havia se mudado muito jovem para o Brasil, e a essa altura falava português fluente. Ele estava finalizando a faculdade de medicina quando conheceu a mãe de Amber, Ana Maria Rodrigues, recém-formada em biologia e prestes a iniciar o mestrado em neurociência. O namoro fluiu rápido para um casamento, e

Caroline Greco Regly

foi por influência de Ana que Richard seguiu a área da neurocirurgia em sua especialização; quando Ana estava começando o mestrado em neurociência, descobriu estar grávida de Amber.

Viviam uma vida confortável, mas eles faziam questão que Amber soubesse que tudo vinha através de muito estudo, privações e trabalho duro desde pequena; apesar de terem boas condições, não queriam criar uma menina mimada.

Atualmente, Richard é o chefe da neurocirurgia no hospital em que trabalha, e sua esposa, Ana Maria, conseguiu terminar o doutorado quando Amber tinha pouco mais de 5 anos, e agora estava fazendo um pós-doutorado, dividindo-se entre as pesquisas e a criação de Amber.

Seus pais eram chamados de nerds na faculdade, e assim foi com Amber na escola, sempre as melhores notas, muito tempo para estudo, pouco tempo para diversão. Desejava cursar literatura inglesa, um primeiro emprego como tradutora e, quem sabe, uma profissionalização ou um curso de extensão no exterior. Sonhos. Eram grandes sonhos, como todos são aos 15 anos. Mas enxergava esse intercâmbio como um primeiro passo.

Sua tia Sara estava no aeroporto, junto com sua avó Odette, a matriarca da família, já que seus avós paternos já eram falecidos, logo depois chegou sua prima por parte de pai e também sua melhor amiga, Rafaela.

A despedida foi filmada em clima de festa, a primeira viagem de Amber sozinha, sem os pais, só com a tia, mas uma tia de 25 anos, jovem e tão animada quanto ela, para apresentar tudo que já conhecia da famosa New York.

A parte do avião foi menos assustadora do que se lembrava, algumas turbulências davam a sensação de continuidade, de que o tempo não estava literalmente parado pairando no ar, e que aos poucos estariam em terra firme.

Chegaram e foram recepcionadas pelos amigos de Sara. Todos com mais de 20 anos, trataram Amber muito bem, como a caçula da turma.

Como quase todos em New York, Sara morava em um prédio de fachada tradicional com outras duas amigas que dividiam o aluguel, mas concordaram em ter uma visitante gratuita por um mês, desde que ajudasse com a louça, reclamação frequente naquela pequena república feminina.

Luci, com 21 anos, era a mais nova da casa e estava se candidatando a um programa de pós-graduação pela Columbia. Sempre fora a mais inte-

Eternizado em âmbar

ligente e dedicada das três, mas nada era garantido, a concorrência por ali era grande, e quanto mais via disso, mais vontade de pertencer a esse mundo Amber tinha. A outra colega, Svetlana, de origem russa, era modelo, tinha 23 anos e já morava nos Estados Unidos da América desde os 16, quando fora emancipada pelos pais e começara sua carreira.

Foi um mês mágico, desses que passam em minutos e você quer voltar no tempo para saborear novamente a última garfada do seu prato preferido.

O curso se mostrou mais promissor do que ela lhe dera crédito, ao final das quatro semanas, ela já se sentia pronta para prestar a prova de proficiência na língua inglesa, que passou e recebeu a certificação sem grandes dificuldades.

Um dos professores do curso, Sr. Miller, que parecia não ter mais de 25 anos, era excelente, e o fato de ele ser um colírio para os olhos ajudava também. Era alto, ruivo, de olhos verdes, mas sempre muito profissional, e a maioria das intercambistas dava em cima dele. Amber também daria, mas achava a concorrência de mais, e ele podia parecer novinho, mas não tão novinho quanto os alunos da turma entre 14 e 17 anos. Além disso, nos EUA as leis entre menores e maiores se relacionando eram diferentes, sua tia Sara a havia alertado, principalmente se envolvesse um relacionamento entre aluno e professor.

Em certo momento da viagem, a barreira da língua já não existia. Amber fez algumas amizades no curso que levaram a outras amizades, e, assim como ocorre no Brasil, ocorre também em qualquer país, pois não demorou muito para Amber começar a usar suas folgas para ir a festas de adolescentes como ela, onde supostamente não havia álcool e onde certamente foi a primeira vez que ela tomou um shot de tequila que fez sua garganta arder, queimar e pedir, pelo amor de Deus, o limão!

Como ela era uma linda garota, com longos cabelos castanhos praticamente da mesma cor dos olhos amendoados cor de âmbar e um corpo de chamar atenção, alguns garotos ficaram interessados, e em um deles ela se interessou também. Ele era francês e estava ali pelo mesmo objetivo, então se conheceram melhor, deram alguns beijos, trocaram telefones e se lamentaram quando se aproximou a data de Amber partir.

— Quem sabe quando eu fizer 18 anos eu ganho de presente um mês de estadia naquelas praias brasileiras — disse Benjamin.

— Eu adoraria, espero que você não deixe de mandar mensagens.

Enceraram aquela última noite com um beijo empolgado de adolescentes, já que o voo seria naquele final de semana.

Durante a estadia, sua tia Sara se tornou a melhor das confidentes, tanto que já sabia do professor bonitão, Sr. Miller, e até das três festinhas onde ficou com um moreno de olhos azuis, que prometera manter contato. Elas tinham tanto em comum, essa vontade de explorar o mundo, morar e trabalhar fora do Brasil.

Assim que se formou em contabilidade, Sara logo validou seu diploma e insistiu até achar um emprego, em um cargo em uma grande multinacional no qual já há dois anos. Era um caminho parecido com o que Amber buscava trilhar.

No dia do seu aniversário e véspera do dia do voo de retorno, escolheram um dos restaurantes mais chiques de New York para comemorar essa data tão importante, sua tia convidou dizendo que o dono do restaurante era amigo íntimo do seu chefe da contabilidade e elas teriam uma cortesia na hora de pagar a conta, só as quatro "meninas" da república. Era uma forma de comemorar não só o aniversário, como também uma despedida de Luci e Svetlana, que se tornaram amigas para ela também.

Certamente não era o tipo do restaurante que teria bolo e velas trazidas pelos garçons, mas sim um belo tiramissu, uma das sobremesas favoritas de Amber, que esperava um dia, quem sabe, comer diretamente na Itália.

Após muita troca de histórias e muitas gargalhadas, pois todas tinham ótimas memórias para contar, ela percebeu que a mesa em que estavam era uma das poucas onde a conversa fluía, já que nas outras havia papéis, café e whisky, e em uma dessas, um anjo. Não havia descrição que se encaixasse melhor, a pele quase pálida, os olhos de um azul transparente, que mesmo com a distância conseguia perceber aquele neon, ele se virou para atender a uma ligação e foi como uma miragem, como se nunca estivesse estado ali.

Como já era hora de encerrarem a noite, Amber foi ao banheiro, mas ao sair, a bolsa caiu de seu ombro ao esbarrar em um cara, e ambos se abaixaram para pegar. Na sua mente, mais clichê seria impossível, naquela fração de segundos ela imaginou que seus dedos se tocariam levemente, ele pegaria a bolsa, entregaria para ela, os olhares se cruzariam, ele a acharia deslumbrante e se apresentaria, então trocariam telefones e, certamente, esta não seria a última vez que se veriam.

Eternizado em âmbar

Mas a vida nem sempre é um clichê, de modo que a única coincidência foi olhar para ele e perceber que era o bonitão da outra mesa, que se abaixou mais rapidamente que ela, pegou a bolsa e a entregou, com um pedido de desculpas, pois havia sido ele o distraído responsável pelo esbarro.

Ela conseguiu ver os olhos, muito azuis para não reparar, definitivamente era o anjo da miragem, a voz grave ao dizer um "desculpe" como quem não está acostumado a isso, e nada mais que isso, pois ele já estava de costas, seguindo seu caminho com certa pressa.

Nossa, aquele homem era lindo, ela nunca viu pessoalmente um cara tão bonito, ele realmente era coisa de revista, filme, série, uma passarela que fosse, nada que ela já tivesse visto ao vivo tão de perto. Deveria ter entre 20 e 25 anos, era difícil dizer, com aquele terno de três peças azul marinho, tão adulto, mas com um rosto de anjo, não que fosse delicado, mas parecia esculpido. Um queixo pronunciado, sem barba, cabelos loiros bem claros, não tão curtos, penteados de lado e levemente arrepiados, e aqueles olhos azuis, pareciam de gelo. Amber gravou na memória ainda que tenha sido rápido demais para ver.

Quando ele seguiu para o banheiro masculino, ela só conseguiu continuar olhando na direção dele, vendo o cabelo raspado na nuca e o início de uma tatuagem, indecifrável, pois logo começava a lapela de sua blusa branca. Ela pensou que gostaria de saber o que era o desenho, e se desse lado de Manhattan, no Upper East Side, era cheio de homens assim.

Sua bolsa estava entreaberta, e ela olhou para o chão vendo logo seu batom caído no canto da parede. Ela se abaixou para pegar e também viu uma abotoadura de prata com as iniciais VDB. Só podia ser do estranho, deve ter caído na hora que se esbarraram. Guardou na bolsa e pensou que, quando ele voltasse do banheiro, devolveria.

— Meninas, já acertei a conta, vamos? — disse Sara.

— Nossa, nunca comi tão bem — falou Luci rindo, pois não havia gasto um centavo.

Amber olhou ao seu redor e o Sr. esbarrão não havia voltado do banheiro para sua mesa, então ela se levantou junto com as outras amigas para irem embora. Ao passar próximo da varanda, ela o viu. Disse à tia que precisava de um minuto, juntou uma coragem sem noção que não sabia que tinha e foi até ele.

Caroline Greco Regly

Parou cerca de dois metros dele, que estava de costas, e ela não fazia ideia do que dizer.

— Dizem que isso vai te matar um dia. — Foi o que saiu. E ela já se reprimia pela audácia sem explicação.

Ele se virou sem entender se era mesmo uma voz doce falando com ele.

— Se refere a isso? — Frank apontou para o cigarro, percebendo que era a beldade das gargalhas.

— Sim, pode olhar na embalagem, e o cheiro é horrível, não sei como você gosta — falou Amber tão espontaneamente que só percebeu depois que ele fazia uma cara feia, pois, afinal, ela era uma estranha criticando um hábito dele, metendo-se onde não devia.

— Você quer sentir o gosto para saber se é tão horrível quanto o cheiro?

Amber não sabia se ele estava oferecendo uma tragada do cigarro ou se era para sentir o gosto direto da sua boca. Ela ficou vermelha e foi pegar a abotoadura na bolsa para devolver e encerrar a conversa que, graças a ela, estava ficando constrangedora, como ela pensou.

— Acho que você está criticando esse mau hábito porque esbarrei em você, sua bolsa caiu, agora quer me punir, mas eu peguei a bolsa e pedi desculpas, certo? Não conta pontos?

Ela riu enquanto já estava com o objeto na mão.

— Na verdade, meu batom caiu da bolsa também, e quando fui pegar, notei esta abotoadura no chão, é sua? — disse estendendo sua mão para ele.

No momento que ele pegou o seu pertence, demorou mais que o normal, passando seus dedos entre os dela, sentindo coisas que não conseguia explicar.

— É meu sim, obrigado — respondeu enquanto mostrava o punho que estava com a abotoadura idêntica à que ela lhe dera.

— Amber, vamos? — Sua tia Sara apareceu por trás e discretamente a pegou pelo braço para irem. – O táxi já chegou.

Amber olhou para ele novamente e disse:

— Bem, tenho que ir, tome mais cuidado em quem esbarra, talvez outra não devolva.

— Duvido aparecer outra como você, Amber.

Eternizado em âmbar

Ela corou ao ouvir seu nome sair da boca dele, claro que ele ouviu sua tia a chamando. E assim ela saiu com a tia e inevitavelmente olhou para trás antes de entrar no táxi, e o viu pela última vez piscando para ela.

No dia seguinte, ela se pegou arrumando as malas para voltar ao Brasil com uma tremenda vontade de ficar, mas estava decidida, terminaria o ensino médio e tentaria uma bolsa para uma faculdade em New York, não sabia muito bem como, mas tinha três anos para descobrir e sonhar. Ela voltaria, tinha certeza.

Antes de partirem para o aeroporto, Amber perguntou se poderia dar uma passada em frente ao restaurante onde comemoraram seu aniversário, para deixar a imagem gravada na cabeça. Na realidade, um fio de esperança dizia que o desconhecido de olhar congelante poderia aparecer em vislumbre pela janela, ou fumando aquele cigarro horrível na varanda, mas era só devaneio adolescente, o restaurante estava badalado como sempre, mas não por quem ela queria.

No caminho para o aeroporto, ela foi reparando nos homens, nos rapazes, e descobriu que não, não eram todos assim, como aquele modelo de anjo. Muitos com ternos, muito imponentes, outros lindos, mas ela só lembraria daquele estranho, com o conjunto perfeito de todas essas qualidades físicas, é claro, pois talvez fosse um monstro das cavernas que não valesse a semana de sonhos que ela teve com ele já no Brasil.

CAPÍTULO 3

Voltar para o Brasil, para os estudos, não foi tão fácil.

Benjamin mandou algumas mensagens pelo Facebook, falando do retorno à França, dos estudos e que também tinha planos de retornar aos EUA. Eles mantiveram algum contato, mas foi diminuindo com o tempo.

Ainda tinha dois anos pela frente até a faculdade, e se dedicou muito a isso, queria dar orgulho aos pais por estudar na mesma faculdade que eles, na UFRJ – Universidade Federal do Rio de Janeiro, faculdade pública e super concorrida no Rio de Janeiro. Por isso, teve que adiar os planos de fazer a graduação em New York.

No dia que saiu sua aprovação no vestibular como uma das primeiras no ranking, ganhou um carro popular seminovo de presente. Seus pais até poderiam comprar um carro zero para ela se quisessem, mas queriam que ela tivesse essa experiência de ela mesma conseguir comprar seu carro, sua casa, suas coisas, soubesse o valor do dinheiro.

Mas como pais amorosos, nada faltaria se ela pedisse, mas era pouco o que pedia, uma vida dedicada à literatura e, de preferência, focada nos Estados Unidos da América, ou até na Inglaterra, mas a facilidade de Sara já estar estabelecida em New York era o ponto de desempate.

Amber queria mesmo era viajar pelo mundo, conhecer culturas e voltar para casa, mas essa casa, que seria seu lar, ela via como sendo em New York, talvez até mais no interior, pelas praias. Quanto dinheiro precisaria para isso? Ela teria um grande amor para dividir esses sonhos? Uma carreira de sucesso? Perguntas que ela se fazia e talvez fossem consideradas precoces para uma menina mulher de 18 anos, mas Amber sempre foi assim, ansiosa, adiantada, vendo dez, vinte anos à frente.

A faculdade era um novo mundo. Amber, ao chegar, jurou que ia estudar, fazer poucas amizades, talvez ter um relacionamento, porque ninguém é de ferro, mas as coisas não caminharam tão bem nesse último quesito. Sim, ela namorou um rapaz de uma faculdade próxima durante alguns meses, mas quando acabou ela quis nunca o ter conhecido. Com isso, meio que se fechou para relacionamentos sérios. Ela saía com amigos, encontrava alguém, trocava uns beijos e era só, pois no dia seguinte o foco seria nos estudos, e namorar nem foi uma experiência tão boa assim, ela não gostava sequer de lembrar.

Após concluir sua graduação em tempo recorde, candidatou-se a várias bolsas em New York, para continuar os estudos em forma de extensão, e depois um mestrado, doutorado, parece que seguiria a mãe nesse quesito.

Parafraseando a música *The Scientist* da banda Coldplay, "ninguém disse que seria fácil, mas também nunca disse que seria tão difícil". Era uma música que sua mãe escutava constantemente durante a gravidez, pela qual de alguma forma ela se apaixonou e traz a nostalgia da mãe.

Uma faculdade da Ivy League estava fora de questão, tanto pelo lado financeiro como pelo lado de prestígio e notoriedade, seus pais com certeza tinham uma vida para lá de confortável morando em frente à praia da Barra da Tijuca, no Rio de Janeiro, mas certamente não tinham os atributos necessários para fazer doações milionárias para a nova biblioteca da Brown ou Harvard, mas o importante era estar lá, estar de volta aquele ambiente, aquela energia, onde certamente as ideias fluiriam.

Todo o estudo e todas as noites maldormidas garantiram a Amber uma bolsa de estudos na Universidade de New York, onde aprofundaria seus conhecimentos em literatura inglesa e no mercado editorial, para dar continuidade aos seus estudos iniciados na Universidade Federal do Rio de Janeiro, onde cursou Letras – português-inglês.

Essa bolsa do curso de extensão arcaria tão somente a mensalidade e uma ajuda de custo mensal, que daria para alimentação, mas não para moradia. Com todo o resto ela teria que se virar, e sua tia Sara estava ali para isso, já muito bem encaminhada no seu emprego, conseguiu uma entrevista de estágio para Amber antes mesmo de ela entrar no avião. E, claro, morariam juntas as quatro amigas, mas em um apartamento maior, e dessa vez ela ajudaria pagando a quarta parte de tudo, era o justo, considerava.

Sua tia costuma dizer que a empresa em que trabalha tem tanto dinheiro, há tantas gerações, que o mercado de trabalho deles é super diversificado. A publicação de livros físicos e digitais era o que mais interessava a Amber, ao contrário de sua tia, que trabalhava como uma das várias contadoras da empresa no setor de compras e vendas — agora com oito anos de empresa, já ocupava um dos cargos de chefia.

Dentro do avião, Amber refletiu que a adolescente nela calculou que em três anos estaria de volta, e levou o dobro, mas não importava, voltar para os Estados Unidos da América após seis anos era como voltar para a casa de férias, aquela que você vai para ser feliz. E o clima no final de janeiro, nossa, era completamente diferente do sol escaldante do Rio de Janeiro, Amber só esperava não pegar um resfriado.

Depois de descansar apenas dois dias da viagem, era uma manhã importante de quarta-feira, a roupa era importante, cabelo preso, cabelo solto? Eram dúvidas fúteis? Talvez, mas ela não podia errar, ela tinha essa chance e queria que tudo desse certo. O cabelo até que não dava muito trabalho, ainda bem, uma coisa a menos, fez um desses coques mais elaborados que aprendeu nesses vídeos do Instagram, deixando uma mecha mais clara ondulada caindo sobre o lado esquerdo do rosto, a maquiagem optou por algo simples que não pesasse, que destacasse a cor dos seus olhos âmbar, e um batom nude que destacava a cor rosada de seus lábios, condizente com o ambiente de escritório, mas sem desconsiderar que era uma empresa em Manhattan, onde tudo era invertido do que ela já conheceu na sua vida do Brasil.

Optou pela clássica saia preta tubinho e uma blusa branca básica, bem alinhada, com botões de madrepérola que ela amava, e um sobretudo, pois ainda estava bem frio no final de janeiro. Para completar, um par de saltos modelo *scarpin*, que aprendeu a usar com sua tia e com as séries que as duas amavam, podia doer nos pés, mas ressaltavam a beleza e imponência da mulher.

New York era uma correria, mas ela bem lembrava de quando estivera lá seis anos atrás no intercâmbio, e conseguiu se virar sozinha. Sua tia estava virada na empresa desde o dia anterior, era final de mês e o ritmo da contabilidade parecia ser esse. Então, foi ela tranquila, sabendo por quem deveria procurar, o que dizer e a quem, tudo daria certo.

Ponderou entre táxi, metrô ou ir a pé, não era longe, mas não queria chegar suada mesmo com aquele frio todo. Então, para uma entrevista, optou pelo táxi, nos próximos dias, se aprovada, teria que optar pelo que gaste menos, os sapatos ou o metrô.

Ainda bem que ela saiu com minutos de folga, porque o trânsito de Manhattan parecia muito pior naquele horário, mas chegou a tempo.

Ok, ela não esperava por um prédio tão suntuoso, provavelmente não era o maior de New York, mas era um arranha-céu que dava dor de cabeça se olhasse por muito tempo para cima. Esbarraram nela, e ela voltou a si, entrando no prédio para resolver tudo em uma luxuosa recepção, toda de mármore claro, com cadeiras e mesas espalhadas para espera, tudo com um bom gosto contemporâneo.

Dirigiu-se à recepcionista, tão bem vestida e elegante que parecia uma modelo, e foi encaminhada para a sala onde seria realizada a entrevista.

No penúltimo andar do prédio, havia apenas uma outra garota que também parecia estar esperando sua vez para ser entrevistada. Logo que Amber se sentou, a outra candidata, Srta. Tyler, foi chamada à sala do entrevistador.

Após dez, talvez quinze minutos, saiu soluçando da sala uma triste Srta. Tyler, indo direto para o elevador, sem mais cumprimentos.

— Srta. Rodrigues Benson, por favor, o Sr. van der Berg lhe aguarda na sala à frente.

E ela se levantou com toda a confiança armazenada por meses, meio abalada com a reação da candidata anterior. Ela sabia que dominava sua área de trabalho, sabia que teria desafios e entrou na sala como quem já havia aberto aquela porta mil vezes, achava importante demonstrar isso, mesmo que em parte fosse encenação.

— Boa tarde, Sr. van der Berg, tudo bem?

— Excelente, Srta...?

— Amber, Amber Benson.

— Sim, pode se sentar aqui por favor, estava analisando seu currículo, suas recomendações são ótimas, levando em consideração que quem as assina é sua tia, mas não se preocupe, estamos acostumados com o nepotismo aqui.

Do momento em que ele mencionou a tia, ela parou de ouvir por um instante e pensou: "que vergonha".

— Sr. van der Berg, o que gostaria de dizer para que tenha certeza de que sou a pessoa certa para a vaga é que...

Eternizado em âmbar

Nesse momento, ao interrompê-la e olhar para ela pela primeira vez, disse:

— Amber — e fez uma breve pausa —, pode me chamar de Michael, senhor van der isso, senhor van der aquilo nos toma um tempo que não temos aqui. Eu já revisei seu currículo e a Sara realmente não mentiu em nada, você tem o que precisamos e acho que pode adquirir aqui o que lhe falta para desempenhar bem seu cargo. Posso lhe adiantar que o estágio já é seu, peço que acerte com o RH amanhã, no início do mês, quando tudo acontece, eles têm uma base de salário para os próximos três meses, afinal, estágio é basicamente uma ajuda de custo, mas aqui procuramos talentos, se for um desses, trate-se de se destacar. É isso.

Confesso que fiquei uns dois minutos sentada com ele me olhando com aqueles olhos verdes e sérios, a barba cheia e bem-feita davam um ar ainda mais maduro a ele, que deveria estar pensando "por que ela ainda não se levantou e saiu?". Foi quando caí em mim, agradeci pela oportunidade e disse que certamente voltaria no dia seguinte para falar com o RH, agradeci umas três vezes mais antes de sair, com uma confiança menor do que quando entrei.

CAPÍTULO 4

Ao chegar ao andar dos recursos humanos no dia seguinte, Amber foi encaminhada a uma sala cuja porta continha uma placa escrito "van der Berg F." ("F de *fucked*" escrito talvez à caneta ao lado, parece que alguém tentou limpar, mas sem sucesso). Não havia nenhuma informação a respeito do cargo exercido ali dentro, mas imaginou ser o responsável pelo RH, e refletiu se tratar de uma pessoa não muito querida por todos, para alguém escrever aquele palavrão ao lado do seu nome.

Bateu na porta por duas vezes e ninguém respondeu, então se virou para a secretária, informando com os olhos o fato, e ela fez um gesto para que entrasse mesmo assim.

Entrando na sala, não havia ninguém atrás da mesa principal, mas havia um homem de costas para a porta, sentado em uma poltrona aconchegante próxima à janela, observando todo o Central Park, bebendo alguma coisa marrom que certamente não era café, não naquele copo de whisky.

— Bom dia, senhor, me chamo Amber Rodrigues Benson, estou aqui porque acertei com o Sr. Michael ontem um estágio, ele me pediu que viesse hoje aqui para... — e foi interrompida, não porque ele falou alguma coisa, e sim porque se levantou da poltrona em que estava e se virou para ela.

Quando o viu, chocada, reconheceu o cara do jantar de seis anos atrás, do esbarrão perto do banheiro. Da abotoadura. Do cigarro. O mesmo, mas diferente, mais sério, menos angelical com a barba cerrada, igualmente de tirar o fôlego, o que claramente aconteceu.

Amber notou a semelhança com o Sr. van der Berg... Michael... Deduziu que fossem primos, irmãos... Parentes com certeza, "e eu estou de frente com o familiar mais bonito, para minha alegria ou pesar".

— Srta. Anna, sente-se por favor — disse indicando uma cadeira na frente de sua mesa, da qual logo se sentou atrás.

— Obrigada. Eu ia dizendo que o Sr. Michael pediu para que acertasse tudo aqui hoje. E, a propósito, meu nome é Amber.

— Você não é americana, né? — perguntou ainda sem olhar diretamente para ela.

— Achei que a essa altura já disfarçava melhor o sotaque, mas não, sou brasileira.

— Visto para trabalhar?

— Para estudar, na verdade, porém não é minha primeira vez aqui. O senhor deve conhecer a Sara da contabilidade, ela que me indicou — disse Amber com um certo tom de nervosismo, tentando disfarçar que não sabia se era ilegal ou não o fato de não ter um visto para trabalhar.

— Sei quem é, faz parte do meu grande trabalho assinar o contracheque dela todo mês. Em um valor bem maior que o seu, já fique sabendo, já que ela é uma das nossas melhores contadoras.

O tom dele era irônico, um tanto sarcástico. De repente, ele se inclinou para a frente, olhou bem diretamente nos olhos de Amber, contraiu os lábios, frisou a testa e continuou depois da breve pausa:

— Vou pedir para Rachel trazer sua papelada, com licença.

E se levantou sem dizer mais nada. Minutos depois, entrou Rachel com uma pasta.

— Olá, Srta. Amber, eu sou a Rachel, a faz tudo por aqui — disse rindo — Secretária do Frank, assistente do RH, enfim, tudo que precisar a respeito, não deixe de me chamar. Trouxe o contrato para você ler e assinar, qualquer dúvida pode me perguntar. Você começa amanhã, no 18º andar, lá irá procurar pelo Sr. Grant, que lhe passará todas as suas tarefas, explicará melhor o escopo do trabalho. Você será a estagiária dele, na revisão e edição, certo?

— Creio que sim — falou com uma voz menos entusiasmada, sem entender por que Frank, agora ela sabia a que o F realmente fazia referência, não havia voltado para a sala e tinha enviado a secretária no seu lugar.

Após ler todo o contrato, que estava correto, como sua tia Sara já havia adiantado que seria, ela assinou, entregou cópias de documentos pessoais, apertou a mão de Rachel, que lhe desejou boa sorte com o estágio, repetindo que estaria ali para o que ela precisasse. Rachel deveria ter por volta de 30 anos, era linda, cheia de curvas e simpática. Amber sentiu que poderia ter uma boa colega de trabalho ali, caso precisasse do RH com frequência, e depois de ver Frank, de alguma forma ela tinha planos para isso, planos que nem sabia quais seriam, só sentiu.

Eternizado em âmbar

Antes de ir embora, dirigiu-se ao banheiro do andar, masculino e feminino ficavam um ao lado do outro, entrou, olhou-se no espelho e ficou pensando que talvez não devesse ter repetido o coque do dia anterior, que a roupa era simples demais, que toda a pessoa dela era simples demais, e por isso o "van der F", como ela o apelidou na sua cabeça, nem se deu ao trabalho de permanecer na sala, deixando a cargo da secretária a contratação.

Mas de que adiantava encarar o espelho agora, fez o que tinha que fazer, ajeitou a roupa e saiu do banheiro procurando pelos óculos escuros na bolsa, já que era um dia de sol em Manhattan.

Frank deu de cara com ela na saída do banheiro, distraída retirando os óculos de sua caixinha. Ele teve alguns segundos para analisá-la e ter certeza, era a mesma garota do restaurante de anos atrás, agora com 21 anos de acordo com o currículo, confirmando mais ainda a impressão que ele teve naquele dia de que ela era menor de idade. Agora não era mais, já tinha idade até para beber, mas era sua funcionária, e ele não era mais o mesmo cara de antes, que costumava sair com a secretária do irmão e a do pai na mesma noite.

No meio desses pensamentos, ela ergueu o rosto na direção dele e ficou com os óculos na mão, desistindo de colocar por um momento.

Olharam-se em silêncio sem saber o que dizer por um instante, até que ela, com uma coragem que não sabia que tinha, perguntou:

— Frank, porque não voltou com a papelada e mandou a Rachel no lugar?

Ela pensou de imediato que devia ter enlouquecido, que pergunta era aquela, que tom era aquele? Não é assim que se trata superiores no trabalho no dia da contratação, ou em qualquer outro dia. Pelo menos um "Senhor Frank" ela deveria ter dito. E, pela expressão, ele também estava pensando algo parecido. Mas antes que ela pudesse se desculpar e se explicar, ele se aproximou dizendo:

— Não consegui voltar, provavelmente você não se lembra, mas eu te reconheci de...

— Eu lembro.

Interrompeu ela, fazendo o silêncio retornar.

— Então era de fato você. Quais as chances de você vir parar aqui na minha empresa? — perguntou Frank, sempre cético e desconfiando, já havia tomado algumas rasteiras da vida, inclusive de pessoas em quem mais confiava, como seu pai.

— Não foi bem algo que procurei e me candidatei, minha tia trabalha aqui, como já disse, e ela contou que é uma ótima empresa, com uma excelente editora, bem diversificada, e foi uma satisfação me aceitarem para o estágio probatório.

Eles se olhavam em silêncio. Ela tentando disfarçar o aparente nervosismo conversando de forma mais técnica, e ele mais misterioso, pensando no que dizer, quando, sem mais nem menos, perguntou;

— Quantos anos você tinha?

— Ah? Você diz naquela noite do restaurante? É... 15 anos. Estávamos lá comemorando meu aniversário, 10 de novembro, por isso fomos naquele restaurante chique, eu estava fazendo um intercâmbio de um mês em New York na época. A propósito, quando você faz aniversário?

— Vai me dar um presente?

— É de bom tom uma funcionária enviar uma garrafa de whisky no dia no aniversário do chefe.

— 6 de janeiro, acabei de fazer 28 anos.

Amber pensou que deveria parar por ali, do contrário, movida pela ansiedade, acabaria falando demais em um ambiente profissional, então era melhor inventar uma desculpa para sair dali ou na próxima frase poderia chamá-lo de Frank de novo.

— Nós podíamos conversar em outro lugar que não na frente do banheiro, não acha? Você só começa a trabalhar amanhã, vamos almoçar em algum lugar?

— Sr. van der Berg, acho que poderíamos ter conversado na sua sala se você quisesse, mas como eu já assinei tudo que precisava, eu tenho mesmo que ir, como começo a trabalhar amanhã, vou resolver as pendências na universidade hoje.

— Compreendo. Um bom dia para a senhorita e um ótimo começo amanhã, seja bem-vinda à empresa.

E Amber seguiu pelo corredor cheia de vontade de olhar para trás, pensando se talvez ele ainda estaria olhando. Ao final do longo corredor, antes do elevador, não se conteve e virou o rosto o suficiente para ver que

Eternizado em âmbar

ele já não estava mais ali. Em pensamento, disse a si mesma: "Amber, tenha vergonha nessa cara, você veio para trabalhar, e não para ficar babando no chefe como uma adolescente!"

E dali seguiu para a faculdade, lotada de calouros, veteranos, professores com seus ternos e sobretudo, dava para distinguir estudantes de professores pelas roupas, pelo andar, pela empolgação que às vezes se via em professores ávidos a ensinar e em alunos igualmente ávidos a aprender. E aquele outro grupo, que está só em contagem regressiva para a aposentadoria, e alunos que estão só torrando o dinheiro dos pais em ensino que não querem.

CAPÍTULO 5

Na primeira semana de trabalho, Amber se surpreendeu, não achou que fosse ser tão puxado. Parecia que, até o Sr. Grant perceber qual poderia ser sua real utilidade ali, ela fez de tudo um pouco, o que de certa forma ajudou a conhecer os colegas de trabalho, os arquivos, os quais organizou mais de uma vez, e a dinâmica de como tudo aquilo funcionava.

De início, Amber ficou grata por ter responsabilidades menores, mesmo que estivesse ansiosa para mostrar serviço. Era um mês delicado, começar em um novo emprego, um novo país e em uma nova universidade. No fim das contas, era bom um ritmo mais tranquilo, "talvez Sr. Grant tenha agido de propósito ao me dar tarefas mais brandas, cedo ou tarde eu iria descobrir".

Amber havia cruzado com Frank somente duas vezes durante as últimas semanas, sempre no elevador, trocando apenas acenos de cabeça, o que a fazia cair na real que a vida adulta era diferente da adolescente, então por que ela continuava tendo sonhos com ele sem motivo algum, preguntava-se.

Enquanto finalizava um catálogo de manuscritos ainda não lidos, sua recém colega de trabalho Rebeca se aproximou:

— E então, Amber, o que fazem os brasileiros nas sextas-feiras depois do trabalho? Happy hour, certo? Ensinamos muito bem! Eu e Román vamos para o bar mais tarde, e você vai junto.

— Ensinaram mesmo. Eu saio duas horas antes de vocês, tenho um período na faculdade a fazer, mas posso encontrar com vocês no Panter's depois, pode ser?

Rindo, Rebeca corrigiu:

— Não é Panter's, Amber... É Hunter's, não esqueça, duas esquinas daqui em direção ao Central Park, não vá errar, hein!

— Sabe que no meu mês de intercâmbio nunca fui a esse bar, pub, ou como queiram chamar.

— Não deixariam entrar uma ninfeta de 15 anos lá, né. Aliás, com essa sua cara de boneca, é melhor levar a identidade mesmo se quiser beber e se divertir.

— Combinado, estarei lá, e prometo passar um batom mais escuro para parecer, quem sabe, ter uns 22 ou 23 anos.

As duas riram e seguiram seus afazeres. Rebeca não era muito mais velha que Amber, mas seus cabelos tingidos de roxo, tatuagens e uma vibe um tanto gótica lhe conferiam uns anos a mais aos seus reais 25.

Dessa vez, a tia de Amber não participaria do happy hour, era final de mês, dia de madrugar fazendo o fechamento da contabilidade.

Após a faculdade, Amber deu uma passada rápida em casa para tomar um banho e enquanto escolhia uma roupa para trocar, seus pais ligaram de vídeo.

— Olá, minha linda, como está sendo encerrar o primeiro mês de trabalho novo, faculdade nova?

— Muitas emoções, mãe, mas as pessoas são ótimas, e eu já tenho até um happy hour para ir hoje!

— Amigos da faculdade? — perguntou seu pai.

— Do trabalho, pai, mas sabe-se lá quem pode aparecer, o bar também é próximo da faculdade, aliás, é incrível como aqui tudo é próximo de tudo.

— Filha, bom ver você bem e feliz, mas se cuide, hein, nada de carona com bêbados, e cuidado nas ruas à noite.

— Fiquem tranquilos que vocês criaram uma menininha muito responsável — disse Amber rindo. — Agora eu tenho mesmo que me arrumar, mando mensagem quando voltar para vocês verem que não fiquei até o amanhecer, tá bom?

— Mande mesmo, hein, mocinha. Te amamos.

Ao desligar, trocou de roupa rapidamente, não queria se atrasar demais. Por sorte, o metrô era próximo, o que facilitava a vida de quem não tinha carro por ali.

"Chega de coque", pensou, "está uma noite tão fresquinha, vou de cabelo solto e o prometido batom vermelho escuro, pode não ficar tão sexy com jeans e botas, mas ao menos não estarei com cara de boneca".

Por volta das 21h, Amber chegou ao Hunter's, mas não encontrou Rebeca. Logo resmungou, pensando em voz alta:

— Não acredito que errei o nome do bar de novo... Duas esquinas, Central Park... É aqui, oras, cadê ela?

Eternizado em âmbar

— Rebeca marcou comigo aqui também, não se preocupe, estamos no lugar certo, e ela atrasada, como sempre — disse Román, assistente do Sr. Grant.

— Ainda bem, já estava imaginando meu papelão errando o bar de novo, igual fiz no dia que saímos para almoçar e eu fui na direção oposta e comi sozinha.

Román riu, com um ar de que achava uma graça Amber ser tão perdida quanto esforçada em se encontrar. Nesse momento, aproximaram-se duas jovens perguntando, sem nenhuma cerimônia, se eles eram um casal. Responderam rindo que não, ao passo que a ruiva alta envolveu Román em uma conversa que as excluiu.

— Eles fazem um belo casal, não acha? Meu nome é Melissa, a propósito, e aquela é minha irmã, Mallory. Assim que bateu os olhos no seu amigo alto, forte, negro de blusa social apertadinha, ela não se conteve, devo me desculpar por ela.

Amber achou descontraída a abordagem das irmãs e resolveu que, sem Rebeca, ao menos por ora, o happy hour seguiria assim.

— Meu nome é Amber, meu amigo é o Román, trabalhamos juntos e... Nossa, sua irmã está com a língua na garganta dele!

Virando-se para olhar, Melissa deu de ombros e disse:

— É ela mesma, minha irmã não perde tempo — e riram juntas. Depois disso, o papo fluiu.

Melissa também era ruiva como sua irmã, disse que era mais velha, relatando que há 28 anos dividiu o útero de sua mãe com seu irmão gêmeo, que trabalhava em um café a poucas ruas dali, estudava artes e morava com os irmãos. Trocaram detalhes de suas vidas até que, quase às 22h, chegou Rebeca, com aquele ar de que "se ainda não é meia-noite, então eu não estou atrasada", e abraçou todos.

— Você já conhece a Melissa também? — perguntou Amber.

— Eu não moro aqui há um mês, carioca. Mais fácil achar quem eu não conheço.

Esse momento foi um dos tantos em que ela se arrependeu de contar que chamavam os moradores do Rio de Janeiro de carioca.

Ao se aproximar das 23h, já eram umas dez pessoas na mesma mesa, na qual a conta não batia, pois certamente havia mais de vinte copos.

Nesse instante, Rebeca com certeza não estava sóbria, mas também não estava tão bêbada a ponto de enxergar Melissa como um homem. Mas lá estavam elas, beijando-se no maior aconchego. "Que horas aconteceu isso que eu não vi", pensou Amber.

Ficavam lindas juntas, apesar de Melissa ter um jeitinho mais princesa, o lado gótico de Rebeca dava um contraste e tanto. "Está ficando perceptível demais que eu sou a vela da balada", pensou Amber rindo.

— Oi, gente, parece que eu cheguei para fechar o bar, né? — disse o estranho barbudo sorrindo.

— Todos já se conhecem, menos Amber Esse é meu irmão, Matt, e sim, somos gêmeos, mas eu não puxei as esquisitices dele, juro — enfatizou Melissa.

— Prazer, Amber.

— Prazer, Matt — Ela devolveu com um abraço e um beijo na bochecha, como brasileiros fazem, e seus amigos já até começavam a imitar essa tradição.

Dizer que o irmão gêmeo da Melissa parecia um viking poderia ser um exagero, mas não era, o cara era realmente muito lindo, com um jeito lenhador de ser, musculoso, com um cabelo na altura dos ombros e ruivo até na barba cheia, e tinha uma conversa muito agradável, o que deixou a noite cada vez melhor.

De fato, eles fecharam o bar, a conversa foi ótima do início ao fim, mas para quem acordou às 7h da manhã, o olho começou a cansar.

Depois de Mallory desaparecer com Román, Amber decidiu que já estava na hora de ir também, não morava longe, mas como já estava tarde, resolveu pedir um carro de aplicativo. Quando já havia pedido, Matt ofereceu carona na sua moto, mas ela recusou gentilmente, e a irmã gêmea ficou com o assento. Elas rachariam o carro, mas moto era mais rápido e os dois moravam na mesma casa, então fui sozinha. Rebeca deu um beijinho em Melissa e foi em direção a sua casa, que era bem perto dali.

Amber saiu da boate e eles decidiram esperar o carro chegar.

— Ele está a três minutos daqui, gente, rapidinho chega, se adiantem.

Eternizado em âmbar

Como o segurança da boate ainda estava de prontidão, eles partiram, e Amber ficou aguardando olhando para o celular.

— Merda, não acredito nisso! Brasil, EUA, em qualquer lugar esses motoristas continuam cancelando corridas quando é para perto ou por pouco dinheiro. Também, a porcentagem que recebem é uma merreca. — Ela já estava pedindo outro quando um carro azul personalizado e esportivo abaixou o vidro da frente.

— Perdida por aqui, carioca?

CAPÍTULO 6

"Não era possível", ela pensou. "Tantos lugares, tantas pessoas e era justamente Frank van der Berg, com toda sua presença, sendo possível notar até de dentro do carro, me questionando no meio da rua".

— Nem um pouco perdida, só aguardando meu Uber para ir para casa.

— Te dou uma carona, entra. Onde você mora?

Ele saiu do carro para abrir a porta do carona para que Amber entrasse, antes mesmo de ela aceitar a carona ou não.

— Vamos? — disse ele estendendo a mão.

Ela deu uma última olhada no aplicativo, e o carro mais próximo estava a 10 minutos e ainda corria o risco de cancelar novamente, então ela foi, como se não tivesse outra opção, como se não quisesse outra opção, e foi rápido para não ter tempo de pensar nem em uma coisa ou em outra.

— Eu moro com a Sara, sabe onde fica?

— Está pensando que conheço o endereço de todas as minhas funcionárias? Mas este particularmente conheço, digamos que já fui buscar Michael bêbado lá quando ele ainda era solteiro, acho que estava com uma modelo, não sei bem.

— Deveria ser Svetlana. Achei que CEOs só ficassem bêbados em reuniões de negócios, para manter a fama.

— É raro, mas acontece. Naquela época ele não era CEO e agora ele é CEO interino, nosso pai ainda comanda aquilo tudo. Michael antes era COO, mas as coisas tomaram outro rumo e ele teve que assumir por um tempo, que, cá entre nós, já está durando tempo demais e eu não sei por que estou te contando essas coisas.

— E você me deixou curiosa o suficiente para saber por que está me contando essas coisas que eu quero que continue contando — disse Amber rindo.

O caminho era realmente curto até sua casa, e ela pensava se o convidaria ou não para entrar e descobrir o restante daquela história. Afinal, ela queria saber mais da empresa, seus três meses de experiência estavam quase na metade e ela precisava se destacar para continuar, palavras do

Caroline Greco Regly

próprio CEO interino. Luci com certeza estaria estudando no quarto, e Svetlana só chegaria entre 9 e 10 horas, sua vida de modelo e *promoter* era mesmo invertida.

— Parece que chegamos, minha *bela carioca* — disse o "bela" também em português.

— Você gostaria de entrar, tomar um café para ir para sua casa sem risco de dormir no volante? Sara ainda está na empresa, como você bem sabe, e minhas outras colegas são tranquilas, nem sei se estão em casa.

Ao terminar essa frase, Amber percebeu e se questionou por que diabos estava dando detalhes de que estaria sozinha no apartamento com ele. Antes que pudesse se explicar, ele desligou o carro em sinal de aceite, deu a volta, abriu a porta para ela, "como um cavalheiro faria", ela pensou. Frank VDB não era um homem de dar ponto sem nó.

Ao trancar a porta do apartamento, ela disse para que ele se sentisse confortável enquanto ela fazia o café, mas mal ela terminou a frase, ele, ainda de costas para a porta recém-fechada, disse:

— Naquela noite eu esbarrei de propósito em você.

Durante dois minutos fez-se um silêncio, enquanto ela colocava o pó na cafeteira sem saber por onde começar suas perguntas.

— Como assim de propósito? Por que não se apresentou? Já tinha me visto antes? Pera aí, você esbarrou querendo que eu caísse ou algo assim?

— Respira, carioca, calma, eu jamais te deixaria cair, com certeza, se fosse o caso, teria te segurado, e Deus que me perdoe, talvez tivesse ido preso.

Atônita, Amber só conseguiu fazer uma expressão a qual ele interpretou que deveria prosseguir com a surpreendente confissão.

— Eu te ouvi gargalhando quase do outro lado do restaurante, estávamos fechando negócios, e eu fiquei totalmente desconcentrado com sua gargalhada, que contagiava os outros da mesa, e ficava cada vez mais alto, eu não conseguia te ver bem de lado e distante, mas presumi que teria pelo menos uns 18 anos, por qual outro motivo estaria ali sem seus pais? E eu reconheci a Sara, sei que provavelmente era a mais velha da mesa.

— Era meu aniversário, eu te falei, e estávamos comemorando também o final do intercâmbio. Não sabia que minha gargalhada estava tão alta, e constrangedora, pelo que posso perceber.

Eternizado em âmbar

— Tão constrangedora que assim que eu te vi levantando e indo na direção dos banheiros eu fui atrás, precisava ver de perto a dona da gargalhada e confesso que queria que você me contagiasse com ela. — Com essas palavras, Amber corou, sentiu o rosto ficando quente e agradeceu por ser uma noite fresca de primavera.

— Esperei você sair do banheiro e esbarrei de propósito. Você deixou cair a bolsa, nos abaixamos para pegar, eu peguei primeiro na verdade, mas quando ergueu o olhar na direção do meu, eu percebi que você tinha bem menos de 18 anos, um olhar tão inocente que não se vê muito daquele lado de New York, ou ao menos não naquele restaurante. Você me olhou de um jeito, uma pele de porcelana que nem precisava mesmo de maquiagem. Enfim, me desculpei e saí, quase correndo eu acho.

— Te olhei porque tinha reparado em você na mesa dos homens importantes quando se levantou para atender o celular.

Dessa vez quem ficou sem saber o que dizer foi ele.

— E o que você teria dito se eu tivesse mais de 18 anos naquela época?

— Eu não sou muito de dizer, e, especialmente naquela época, definitivamente eu era mais de fazer do que de falar.

— Entendi. Mas pelo jeito eu fui a de fazer naquele dia ao te entregar a abotoadura. Mas, de fato, hoje vejo que eu era uma menina e você já um adulto, e eu ali, falando sobre fumar ser um horror.

E depois de uma breve pausa, Frank completou sem sequer pensar nas palavras antes de dizê-las:

— Mas agora eu tenho certeza de que você tem 21 anos.

— E com certeza sou maior de idade.

E a tensão, quase uma provocação criada com essas palavras, resgatou nele o Frank de seis anos atrás, que não esperou nem dez segundos para dar três passos e ir direto com a mão no pescoço dela, tocando aqueles cabelos longos, sedosos, trazendo-a para si, ambos ofegantes, olhando diretamente dentro dos olhos um do outro. Um silêncio e um magnetismo que durou menos de um minuto.

Foi quando Amber se afastou, olhando para o café que já estava pronto, dizendo:

— Você bebe com ou sem açúcar, adoçante?

— Só dois dedos, sem açúcar, o suficiente para voltar para casa sem sono.

Ela entregou o café, e ele tomou de um gole só, como se tivesse percebido que esteve prestes a fazer uma besteira, mas ao mesmo tempo ressentido por ter sido ela a interromper o momento.

— A boate que você estava era boa? Porque eu não vou acreditar se você disser que estava passeando de carro porque tinha acabado de acordar e estava indo comprar café — disse debochando.

— Era boa, mas acho que teria me divertido mais no Hunter's hoje. Lá não pode fumar do lado de dentro, você perderia metade da diversão poluindo seu pulmão.

— E se eu disser que eu parei de fumar por um tempo? Bem, depois daquela noite em que nos conhecemos.

— Sério? Que coisa boa, Frank.

— Não se anime, recuperei o pulmão por uns três anos e voltei a fumar em 2021.

— Se conseguiu uma vez, sinal que você consegue parar de novo se quiser.

— Pois é, mas eu não quero — respondeu Frank com sarcasmo e continuou: — Bem, já vou, amanhã posso acordar a hora que quiser, mas isso não me livra de ter trabalho a fazer.

— Obrigada pela carona, Frank.

— Por nada, Amber, nos vemos no trabalho, se precisar de algo, sabe onde é a minha sala.

E quando ela já ia fechando a porta, ele disse:

— Ah, você fica muito mais linda de cabelos soltos — e se virou sem dar a ela tempo de pensar em uma resposta.

CAPÍTULO 7

Sábado e domingo passaram e Amber preferiu esconder até dela mesma o que tinha acontecido, ou quase acontecido. Ele ia beijá-la, ela pôde sentir e evitou a tempo, ou melhor, resistiu a tempo, tamanha era a vontade dela de corresponder ao beijo que sequer aconteceu.

"Será que foi porque eu mencionei o cigarro, porque depois disso ele falou que voltou a fumar em 2021 e seu semblante mudou. Eu não dou uma dentro mesmo!", refletiu Amber.

Quando pensava nele, o que ocorria de dez em dez minutos, mudava o pensamento na mesma hora, lia um livro, via uma série, aprendeu até um pouco de contabilidade com a tia Sara, sempre empolgada com seus números e resultados.

Por sorte, tinha a faculdade para distrair, estava fazendo bons amigos e se reunia cada vez mais com eles, geralmente apenas Matt não comparecia, Melissa explicou que ele estava se organizando para um novo emprego. E parecia que o romance entre Mallory e Román estava dando certo, ela era meio doidinha, ele mais centrado, completavam-se.

Do lance que rolou entre Melissa e Rebeca, nunca nada foi comentado, ao menos não na frente de Amber, que, aliás, em uma ida ao shopping viu Rebeca aos beijos com um cara.

Amber questionou Melissa a respeito, que era assumidamente homossexual, mas ela disse que Rebeca não sabia o que queria ou que queria tudo ao mesmo tempo.

Os dois meses seguintes passaram rápido, Amber tinha que se concentrar no trabalho mais do que o normal para não ficar tão de pernas bambas toda vez que trocava bom dia, boa tarde ou boa noite com Frank no elevador ou na entrada.

Segunda-feira iniciando a última semana do estágio probatório, Amber havia feito tudo e além de tudo que fora pedido.

Após entregar o café para o Sr. Grant e cumprimentar Román, antes de ir para sua mesa foi chamada pelo próprio chefe:

— Srta. Amber, sem rodeios, você faz tudo muito bem-feito e até mais do que pedimos. O cargo de assistente de revisão é definitivamente seu, e sinto que só tem a crescer no meio editorial. Parabéns, a você e a mim, que gosto de me cercar de funcionários competentes — falou rindo, com aquela aparência de avô, já com seus 60 anos, levando a vida e o trabalho de maneira séria, porém leve ao mesmo tempo. Ela realmente sentia-se sortuda por ter um chefe tão bacana.

— Até o final da semana você regulariza sua situação com o RH, está bem? E já mude suas coisas para essa mesa mais próxima de minha sala, se prepare, acabou a moleza, hein! — e ambos sorriram, Amber agradeceu.

Ela seguiu para sua mesa para verificar as pendências do dia e já organizar as da semana com antecedência, já organizando tudo para andar alguns metros para uma mesa bem maior e mais perto do chefe. Verificou tudo, até a última gaveta, na qual não mexia há semanas, e quando abriu, encontrou seu casaco, que havia usado na noite daquela carona e deduziu imediatamente que havia esquecido no carro de Frank. Pensou: "por que diabos ele deixou isso aqui sem falar nada? Procurei igual uma doida por esse casaco!"

Dentro do bolso, havia um bilhete:

"Não consegui tirar seu cheiro do meu carro, nem quis, só estou devolvendo porque não é o seu casaco que quero roubar. F."

No mesmo instante recebeu uma ligação de Rachel para ir ao RH na hora do almoço.

Saindo do elevador, Amber a encontrou e disse:

— Se você tivesse me falado que almoçaríamos juntas nem teria me dado ao trabalho de trazer essa suculenta lasanha congelada e industrializada — disse sarcástica, esperando uma reação animada de Rachel, que não veio.

— Amiga, bem que eu gostaria de uma folga, mas quem te chamou foi o chefe, falou para entrar sem bater assim que chegasse.

— Será que é hoje que ele me manda embora? — falou em voz baixa e irônica.

Entrou na sala de Frank decidida a agir como se nada tivesse acontecido

— Meus parabéns, Srta. Amber.

Eternizado em âmbar

— Obrigada, Fra... Sr. Frank. Ah, passei no estágio e é claro que você já está sabendo que fui efetivada.

— Que tal uma pequena comemoração? Almoça comigo hoje? Antes que pense em dizer não, é só um almoço, entre colegas de trabalho.

Um minuto de silêncio congelou a sala, até que ela respondeu:

— Vamos ter uma boa refeição comemorando que sua empresa agora vai me dar um salário decente — riram e seguiram para o estacionamento.

E foi assim, sem pensar se era profissionalmente correto, que ela aceitou ou apenas não pôde dizer não.

Praticamente em silêncio, fizeram o percurso até a garagem do prédio, então ele abriu a porta do carro para ela, o qual identificou como um Aston Martin, e seguiram para um restaurante bem intimista há cerca de dez minutos dali. Esses dez minutos foram de certa forma constrangedores e intensos, como se uma corrente de energia pairasse pelo ar, indo e vindo entre eles, a música que tocava amenizou o aparente desconforto.

Ao chegarem, Frank entrou no restaurante cumprimentando o maître como quem fala com um amigo, e foi encaminhado para a mesa a dois mais reservada que tinha no restaurante, que ela reparou ser de um valor que custaria um mês de seu salário.

Ao sentarem, o chef do restaurante apareceu para falar com eles:

— Até que enfim, Frank, quanto tempo não vem aqui reclamar da minha comida? Uns dois meses?

— Quando você cozinhar melhor, Steve, talvez eu venha com mais frequência.

Antes de sair, Steve deu um tapinha nas costas de Frank e então se dirigiu à cozinha.

— Steve é meu amigo desde a escola, posso dizer que é um dos meus poucos amigos, e talvez o melhor que eu tenha.

— Então é certeza que não comeremos nada envenenado — disse Amber rindo.

Frank voltou a encará-la em silêncio, como quem admira além da beleza, regozija-se com seu bom humor.

— O que uma brasileira faz aqui? — perguntou ele, cortando o silêncio.

Caroline Greco Regly

— Não posso? Você é desses que considera que os EUA são só para americanos?

— Calma, não perguntei por mal, minha família é de origem alemã, estamos aqui há três gerações, fazendo fortuna, como você já deve ter lido em algum lugar. Meu pai e meu irmão, é claro, já que eu sou um inútil...

— Um inútil?

— Já deu uma olhada no menu, o que vai querer? A massa daqui é ótima — disse ele, evasivo.

Ela resolveu não insistir e pegou o cardápio. Obviamente assustada com os preços, pediu uma salada simples, mas, honestamente, nem gostava muito de salada e depois ficou pensando na massa.

Dirigindo-se ao garçom, Frank pediu dois pratos de massa da casa ao molho branco, duas saladas iguais a que ela havia escolhido e uma garrafa de vinho *rosé*.

— Parece que iremos de massa então. Como você me reconheceu? Eu era bem mais nova e foi só um instante.

— Seus olhos.

Um breve silêncio se instaurou enquanto instintivamente Amber arregalou mais os olhos.

— Vê, é disso que estou falando, esses grandes olhos amendoados, curvando na direção do nariz, cor de âmbar, não teria como não reconhecer.

Mesmo com dificuldade de encarar aquele elogio, ela conseguiu responder à altura:

— Não posso dizer que esses olhos de um azul quase transparente que você carrega por aí são um ponto esquecível da sua aparência.

— Por quê? Então existem pontos esquecíveis na minha aparência? — questionou ele, rindo de canto, com um ar leve, o mais leve que ela vira até então. Ela sorriu também, pela descontração do momento.

— Eu poderia perfeitamente esquecer essa sua barba cerrada tão bem-feita, mas que não existia na época, ou então o seu cabelo tão loiro e bem penteado, e definitivamente eu já esqueci o terno de três peças azul marinho que usou naquele restaurante seis anos atrás e me fez pensar, e esquecer obviamente, que era o homem mais lindo que eu já havia visto.

Pronto! Foi depois dessa última frase que ela percebeu que falou demais, que deveria ter aberto a boca só para pedir a salada e nada mais. Ele podia não ser o chefe direto dela, mas era do RH, um dos donos da empresa; mas como controlar aquela sinceridade sarcástica que morava ali dentro da garganta dela? Não sabia.

Provavelmente pela falta de tato dela naquelas palavras, que deveriam ser atrevidas, até engraçadas, o tom dele mudou. Ajeitou-se na cadeira dizendo:

— Certamente há algo que você não deve esquecer. Que aquele cara do esbarrão no restaurante, apesar de ainda guardar algumas semelhanças físicas, ele não existe mais.

Foi quando chegou a comida, interrompendo o constrangimento e o desmaio que Amber estava planejando encenar depois de falar para seu chefe que era o homem mais lindo que ela já vira. O seu pensamento era recorrente, "onde foi parar o seu juízo?", questionava-se.

— E então, será que acertei dessa vez, passei nos seus critérios de excelência, Frank? — perguntou o chef Steve ao se aproximar da mesa, posicionando-se entre eles.

— Acho que você se inspirou na minha bela companhia e quis agradá-la, porque quando estou sozinho é sempre uma porcaria — disse encarando o amigo.

— Ah, tá, como se você viesse aqui sozinho muitas vezes... Quer dizer, bem, você não me apresentou sua bela companhia.

— Me chamo Amber, acho que posso me apresentar sozinha, um prazer conhecer seu restaurante, Steve, e está tudo realmente delicioso, obrigada.

A cara de Steve era de constrangido, sabia que tinha falado de mais, enquanto a cara fechada de Frank foi recado suficiente para Steve se retirar educadamente.

Já que não trocaram mais nenhuma palavra durante toda a refeição, ele resolveu pedir o cardápio das sobremesas, que ela recusou, afirmando que precisava fazer uma lista de tarefas para o Sr. Grant.

— Uma refeição sem sobremesa? Será que vai ser sempre assim com você? A garota de vestido *rosé* com decote nas costas deveria gostar de um bom *petit gâteau*. Desse que se devora até com os olhos, como eu venho fazendo há três meses.

Sem responder, Amber se levantou dirigindo-se à porta, mas não alheia ao fato de que ele também se lembrava dela com detalhes, inclusive da roupa que ela estava usando naquele dia. E preferiu nem pensar se ele estava sendo literal em devorá-la com os olhos nesse tempo, porque se começasse a pensar, falaria, e se falasse, agiria e se arrependeria depois.

Voltando ao trabalho, Frank não se conteve.

— Por que nunca respondeu aquele bilhete que deixei no casaco na sua gaveta?

— Você não pode estar falando sério, você escondeu o casaco em uma gaveta que eu nem mexo, eu só fui ver isso hoje, arrumando as coisas para trocar de mesa.

— E o que você teria respondido?

— Acho que nunca saberemos, não é mesmo? — respondeu arredia, sem saber muito bem por que, talvez por uma certa revolta de toda a ambiguidade que envolvia a pessoa daquele rapaz.

Entre períodos de silêncio e comentários sobre as músicas que iam tocando no carro, tiveram sorte que era um caminho curto e, por algum milagre, sem trânsito. Ao fim, ele abriu a porta, e um "boa tarde, Srta. Rodrigues Benson" foi a última coisa que ela ouviu dele naquela tarde.

— Boa tarde, Sr. Frank van der Berg.

"O que ele quer? Me levando para almoçar no restaurante do amigo, onde ficou bem claro que ele sempre vai acompanhado? Ou escondendo o meu casaco com um bilhete mais escondido ainda? Parece que está se divertindo com a situação, brincando comigo ou algo assim", refletiu Amber no elevador sozinha, porque não esperou por ele para entrar e desaparecer.

Depois do trabalho, foi correndo para a faculdade, e naquela noite só tinha um período de aula. Quando estava saindo, deu de cara com Matt, gêmeo da Melissa.

— Amber, que surpresa agradável te ver por aqui.

— Oi, Matt — disse Amber surpresa, não só pela coincidência de ele estar ali na mesma faculdade, mas surpresa porque Matt havia raspado a barba e estava com o cabelo bem mais curto. A imagem deu um estalo em sua memória.

— Todo mundo estranha quando eu tiro a barba, dizem que pareço mais novo.

— Fica mesmo, e muito parecido com um professor de inglês que me deu aula em um intercâmbio seis anos atrás, o Sr. Miller.

— Jura que você foi uma das minhas alunas? Naquela época eu tinha terminado a faculdade e dava algumas aulas gerais naquele curso, e peguei umas turmas de inglês, desculpe não lembrar de você como aluna, é que eram muitos, eu não reparava em todos, o ritmo dos intercambistas é bem rápido, todo mês um grupo novo.

— Que coisa, você era o professor gatinho que derretia os corações das alunas — disse Amber rindo. — Não sabia que você estudava aqui, mas, pelo terno, você deve ser um professor?

— Sim, leciono nos primeiros períodos das engenharias, matemática básica. Mas nessa universidade estou começando hoje. Depois de um ano trabalhando como professor de inglês, percebi que gosto de dar aulas, mas não de inglês, então mudei radicalmente na extensão da faculdade, fiz ciências matemáticas, mestrado e agora dou aulas buscando tempo para produzir uma tese de doutorado.

Demorou uns segundos para a cara de surpresa de Amber se desfazer e ela se autocriticar pelo prejulgamento que havia feito dele naquele bar, e das outras poucas vezes que se viram, só como um cara forte com uma vibe de lenhador. Nem por um segundo o imaginou como professor de faculdade, e se repreendeu por isso.

— Nossa, Matt, que legal, fico até constrangida por não ter perguntando sobre o que você fazia quando nos conhecemos. Talvez eu tivesse percebido antes que você havia sido meu professor naquela época.

— Acho que estávamos todos um pouco bêbados para falar de trabalho. E convenhamos, seis anos atrás, sem barba e com cabelo curto, eu era outra pessoa.

— Você não estava bêbado no Hunter's, tanto que me ofereceu carona na moto, estava bebendo cerveja zero que eu lembro. E realmente, você parece duas pessoas diferentes mudando a barba e o cabelo.

Ele ficou intrigado por ela lembrar desse detalhe da cerveja zero.

— Que pena que você já havia pedido o Uber, poderíamos ter conversado mais, mas espero que não faltem oportunidades. Você não chegou a me passar seu telefone naquele dia, poderia anotar aqui para eu entrar em contato?

— Claro — disse ela pegando o celular dele e anotando seu número.

— Acho que no fim das contas o maior erro foi eu não ter te reconhecido, me desculpe.

— Imagina, Matt, muitos alunos, lembra?

— Sim, foi o que eu disse, mas certamente não esquecerei mais.

Ele falou sorrindo, flertando, e ela sorriu de volta, ficando corada.

— Agora eu tenho que ir, estou atrasada, e você também já deve estar.

— Tem razão. Muito bom te rever, Amber. Vou te ligar, espero que me atenda.

— Com certeza, Matt, vamos manter contato.

Na saída da faculdade, Amber ia caminhando pelo campus na direção do metrô quando reconheceu o carro de Frank parado dez metros à frente. Assim que ela se aproximou, ele abaixou o vidro dizendo:

— Imaginei que sairia por volta desse horário. Eu não vou conseguir dormir se não falar com você ainda hoje o que não consegui dizer no almoço. Será que pode entrar no carro para irmos a algum lugar?

— Eu vou entrar, mas não precisamos ir a lugar algum. O que roubaria seu sono hoje que eu posso resolver? — disse Amber e logo deu a volta e entrou no carro.

CAPÍTULO 8

Os dois dentro do carro e dois minutos de silêncio foram suficientes para Frank começar a colocar algumas coisas para fora.

— Sabe, Amber, já que não vamos a outro lugar, vou pelo menos te deixar em casa. Enquanto isso falo o que espero que vá me garantir uma boa noite de sono. Não é exatamente fácil me conter com você lá todos os dias me ignorando na empresa, sabe? E você parecia estar correndo de mim hoje depois do almoço.

— Te ignorando? Você é diretor do RH, eu nunca te vejo, quando vi você fez questão de deixar a sua secretária terminar a papelada por você.

— Eu já te expliquei isso.

— Explicou e depois nunca mais, foi isso... Uma carona e só... Semanas sem falar nada e agora um almoço de parabéns pela efetivação, e do nada sou eu que estou te ignorando?

— Ah, então você jura que só viu o bilhete hoje? E quer que eu acredite? Você não deu retorno nenhum — dizendo isso, pegou um cigarro do maço e abriu a janela do carro para fumar.

— Sr. van der Berg, por acaso você está duvidando da minha palavra? O que você queria com essa brincadeirinha de esconde-esconde? As pessoas se comunicam, sabia? Não saem por aí escondendo bilhetes dentro de casacos e escondendo casacos dentro de gavetas. Você esperava que eu encontrasse no dia seguinte e fosse correndo bater na sua porta? Era mais fácil alguém ter visto, já que não tem chaves naquele gaveteiro, lido o bilhete e eu estaria completamente descredibilizada. E é sério isso? Você vai fumar agora?

Adquirindo uma postura mais séria, Frank disse:

— Jamais permitiria que pensassem qualquer coisa desse tipo a seu respeito. E por favor, eu peço que me chame pelo meu nome, Sr. van der Berg é meu pai. E me desculpe se me excedi. Boa noite, Amber.

— "Boa noite, Amber?" Era isso que você precisava para dormir à noite, fazer com que eu venha a passar a minha noite em claro?

Conforme a conversa foi ficando mais calorosa, ele até descartou o cigarro recém-aceso.

— Lógico que não, eu achei que você havia visto o bilhete e ignorado, e que hoje foi almoçar comigo por educação, mas você fala umas coisas que me confundem e...

— Pois saiba que você não foi o único a se sentir ignorado, ou então se sentindo só mais uma entre tantas que leva no restaurante do seu amigo — disse Amber, interrompendo-o no mesmo momento em que ele estacionava na frente do seu prédio.

Ambos ficaram em silêncio por um instante, e quando Amber fez menção de sair do carro, Frank tocou seu braço e disse:

— Você vai me enlouquecer. Não sai desse carro assim. Por favor.

E Amber, tirando a mão da maçaneta, virou-se para ele sem dizer nada, com olhos inquisidores, como questionando "o que você espera de mim?".

Frank se inclinou em direção à garota, devagar, com medo de ela recuar, mas ela não se mexeu um centímetro. Cada vez se aproximavam mais, quando ele tocou o rosto dela de leve com os dedos, fazendo com que ela fechasse os olhos e recostasse a cabeça na mão dele, soltando um suspiro profundo.

Ainda de olhos fechados, pois Amber pensou que se abrisse perderia a coragem, com ele tão perto, ela passou a mão no cabelo dele, tão liso e macio, loiros como um anjo, poderia fazer carinho nele o dia inteiro, mas foi só isso que conseguiu pensar de mais trivial, já que todo o restante do seu corpo pulsava na direção do dele.

Foi quando ela sentiu os lábios dele encostando nos seus, a boca se abrindo, a língua dele invadindo delicadamente. Ela também abriu a boca instintivamente, ambos perdidos dentro daquele beijo lento e molhado. Era um beijo que explorava de maneira inocente, duas bocas que se queriam há muito tempo se encontrar, e estavam ali, conectadas, reconhecendo-se uma na outra. Nos toques no pescoço, nas carícias no cabelo.

Ela sentia os músculos do seu dorso, do seu peito sob a camisa social, enquanto continha a vontade de arrebentar aqueles botões, feito criança curiosa que quer saber o que tem embaixo. E fazer uma loucura ali mesmo. Loucura? Ela caiu em si, era isso que estava fazendo, ele era o chefe, o dono, o Sr. van der Fucked, ela não ia ser mais uma. Ainda ofegante e se desvencilhando do lábio macio dele disse:

— Espero que você consiga dormir sua noite de sono agora. Boa noite, Sr. van der Berg.

E sem dar tempo para ele falar ou fazer alguma coisa, ela saiu do carro e entrou no prédio, fechando a porta imediatamente.

Frank estava boquiaberto e não conseguiu pensar rápido o suficiente para respondê-la, e isso não acontecia com frequência, isso não acontecia nunca. Ele era Frank VDB, o herdeiro da língua afiada, que não deixava ninguém sem uma boa resposta, a última palavra era sempre a dele. Mas ali ele ficou no carro, parado por alguns instantes, pensando se havia perdido ou vencido. Pensando que a boca de Amber era a mais doce que ele já provara, mas a mesma boca doce conseguia ser ríspida, sair e deixá-lo sem palavras. E foi esse pensamento a noite toda, que, claro, não o deixou dormir, mas ao raiar do sol ele tinha outras ideias e planos, e se desse certo, valeria um mês inteiro sem dormir, pensou Frank.

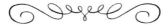

Chegou correndo em casa e por sorte sua tia estava lá, então Amber fez um mini resumo dos ocorridos, do almoço com Frank, que Matt era o Sr. Miller e que NY talvez fosse menor que o Rio de Janeiro.

Sara não estava acreditando que Matt era o Sr. Miller, por quem ela suspirava ao voltar das aulas no intercâmbio. E quando ouviu sobre o almoço com Frank, limitou-se a dizer que ele era muito playboy e mulherengo, que Amber deveria tomar cuidado.

— Sabe, tia, qualquer dia desses eu vou acabar esbarrando com o sumido do Benjamin — as duas riram, e Sara completou:

— Por que não manda uma mensagem para ele, só para deixá-lo com água na boca do mulherão que você se tornou?

— Quem sabe um dia desses. Vou deitar, Sara, te amo, viu?

Abraçando a sobrinha Sara disse:

— Eu também te amo.

Mas depois do que Sara falou de Frank, Amber não conseguiu contar que ele a pegou completamente desprevenida na faculdade, e que ela não conseguiu resistir a ele quando se beijaram no carro, em parte porque tinha certa vergonha da tia saber que ela foi tão inapropriada com um chefe, pior ainda, um chefe playboy e mulherengo. E por outro lado porque ela ainda estava pisando em nuvens sem saber se o que tinha acontecido nos últimos 30 minutos era mesmo real ou coisa da sua cabeça.

Se por um lado Amber não sabia ao certo por que estava omitindo coisas de sua tia, por outro, sua tia, que de boba não tinha nada, começou a achar que tinha muito mais ali do que ela havia dito. Dúvidas que se confirmariam na manhã do dia seguinte.

CAPÍTULO 9

Logo cedo, um entregador deu pessoalmente a Sara um buquê elaborado com rosas em vários tons pastéis, vermelho fechado, *rosé*, bege, com um cartão azul marinho lacrado, apenas com o nome Amber. Sem se aguentar de curiosidade, Sara acordou Amber de mansinho dizendo:

— Ou você vai me dizer que são do Matt lenhador ou do van der Fucked... Mas vai me dizer alguma coisa... Te dou alguns minutos para ler o cartão e me encontrar na mesa do café — e saiu rindo e empolgada porta afora.

Amber, que mal havia pregado os olhos naquela noite, pois eram tantos pensamentos ao mesmo tempo que ela não conseguia desligar a mente, ao ver aquelas flores e o cartão, foi logo abrindo ansiosa:

"Bela Amber,

Ao contrário da sua recomendação, não consegui minha boa noite de sono, mas foi uma boa noite para pensar e sentir muitas coisas. Principalmente que eu não quero que aquele beijo tenha sido o único. Por favor, me dê a chance de te levar para jantar, hoje ou em qualquer outra noite que quiser, um encontro de verdade, para que possamos ser honestos com nossos sentimentos.

Você tem meu telefone. Frank."

Telefones que nenhum deles usou para se comunicarem entre si antes, Amber refletiu emburrada. Ao mesmo tempo, Sara gritou da cozinha para que ela fosse logo, que o café estava pronto.

Já sentadas à mesa, começou o interrogatório.

— De quem eram as flores? Me conta tudo! — disse Sara empolgada.

— Senão o quê? Vai me torturar até ter suas respostas?

— Olha, não me tente, hein... que curiosa como estou vai saber do que sou capaz!

— Melhor eu falar então. As flores são do Frank VDB e no cartão ele me convida para jantar, falar de negócios, imagino eu.

Caroline Greco Regly

— Negócios? Mas nessa historinha nem mamãe Odette acredita, e olha que você é a única netinha, cheia de mimos, dela.

— Eu não sei o que ele quer, essa é a verdade. Quer que eu diga o quê? Que ele é tão gostoso que eu esqueço que é um dos donos da empresa? Ou que mal nos conhecemos?

— Mal conhecer não é problema, se ele quer um encontro, é justamente para eliminar esse empecilho.

— Sério, *titia*? — questionou Amber sarcástica. — Está do lado do RH agora, é?

As duas riram, mas Sara insistiu em tom mais sério:

— Amber, eu te amo, você sabe. O Frank é meio problemático, nunca vi namorando ninguém, mas em compensação ele nunca está sozinho, sempre uma mulher diferente, as vezes até mais de uma. Então, se você quiser sair com ele, e eu vejo na sua cara que você quer, vá ciente dessas coisas, mas não deixe de fazer o que quer por medo de se arrepender. Às vezes na vida, como dizem, é melhor se arrepender do que fez do que daquilo que deixou de fazer. E se sua mãe, minha adorada irmãzinha, souber que te dei esses conselhos, ela me mata.

— Nesse final aí você não poderia estar mais coberta de razão — e riram.

— Então me diga, vai aceitar hoje, amanhã ou depois?

— Acho que não aguento esperar amanhã ou depois, se é para fazer merda, quanto antes melhor, né? Não tem um ditado que diz isso?

— Eu nunca ouvi, mas se vai te fazer feliz, eu vou espalhar por aí.

Enquanto riam e tomavam café, Amber disse que mandaria mensagem para Frank, e pediu a ajuda de Sara para escolher o que vestir mais tarde, imaginando que o jantar seria em algum restaurante mais chique.

No celular, Amber escreveu:

"Eu aceito. Hoje. 20h. Com uma condição."

"Qualquer uma, diga."

"Vamos tentar esquecer por essa noite
quem somos no trabalho."

"Combinado."

Eternizado em âmbar

Amber viu que já era hora de se aprontar e foi tomar banho, claro, lavar os cabelos que iriam soltos com certeza.

Na volta do banho, Sara já havia separado três opções de roupas e sandálias, que iam do sexy ao chique.

— Eu trouxe mesmo esse vestido que usei no jantar dos 15 anos? Deve estar mais justo que o normal, né?! — disse Amber.

— E mais curto, já que você cresceu uns três centímetros no máximo — disse Sara debochando. — Mas eu já regulei a alça transpassada no decote das costas, assim não vai ficar curto, basta saber se vai ficar apertado, já que esses peitos cresceram mais que você, né.

Ela vestiu, e ficou ótimo, exceto por um detalhe: os seios realmente estavam maiores, mas com o ajuste da alça, ficou tudo em seu lugar e ela decidiu ir com ele, e com uma sandália também em um tom *rosé* metálico.

— Cabelo solto então, né, sempre fica melhor. Seu cabelo é tão lindo, o meu não consigo deixar tão grande desse jeito.

O celular tocou, nenhum número conhecido.

— Alô?

— Já passou da hora de escrever Frank aí no meu número, hein, Posso subir para te buscar?

— Não se preocupe, eu já estou descendo — mentiu ela.

Ele estava parado na frente de seu carro, com uma blusa azul clara que ressaltava ainda mais seus olhos, os cabelos partidos de lado, alinhados, mãos nos bolsos, como quem sabe o que quer e veio buscar.

— Eu conheço esse vestido.

Foi a única coisa que ele disse, com um sorriso largo no rosto, até abrir a porta do carona e começar a dirigir. Amber ficou sem saber como iniciar uma conversa depois daquela afirmativa, mas quase sem querer soltou:

— Como pode saber que é o mesmo vestido?

— Assim você se entrega muito fácil, eu poderia ter dito que conheço porque vi em uma vitrine dia desses — disse ele rindo, quase gargalhando, enquanto ela fechava a cara como uma adolescente de 15 anos.

— Foi o decote nas costas, eu reparei bem nele naquele dia. E adorei que está usando hoje. Gostou das flores?

— Adorei. Variação de cores que nunca vi reunidas.

— Por algum motivo, que não sei qual, não dormi essa noite, então pensei e fui eu mesmo à floricultura, tentei escolher as rosas com tons que se aproximassem da cor dos seus olhos, não achei nenhuma rosa âmbar, mas pensei que a mistura daquelas cores pudesse remeter a isso.

Amber só conseguiu sorrir com um brilho nos olhos ao ouvi-lo. O clima no carro era completamente diferente do dia anterior, eles eram os mesmos, mas estavam desarmados dessa vez.

Foram rindo e conversando besteiras até chegar no restaurante chamado "Autêntica comida mineira".

Amber saiu do carro se segurando para não gargalhar e colocando as mãos nos ombros de Frank para se equilibrar, não pelo salto, mas pela risada.

— Eu amo comida mineira, mas você sabe que eu sou do Rio de Janeiro, né?

— Desculpe-me, senhorita, se eu não achei nenhuma autentica comida carioca por aqui, mas eu pesquisei, não ganho créditos?

— Ganha!

Sem perceber, entraram de mãos dadas no restaurante, onde foram encaminhados para uma mesa privativa separada para os dois.

Sorrindo, Amber disse:

— Não é estranho que não esteja sendo estranho?

— Estranhamente eu adoro que não seja estranho, assim você não me pede para ir embora, nem sai batendo porta me chamando pelo nome do meu pai.

— Certo, mas não se acomode muito na cadeira, é só até pagar a conta e o "vá embora" vem — disse soltando uma pequena gargalhada.

— Aí está ela, essa gargalhada pela qual quase fui preso, sorte que corri a tempo, mas fico feliz que esse vestido voltou para me resgatar.

— Você é muito prepotente. Então eu coloquei esse vestido para lembrar aquela noite e terminar o que você nunca começou porque eu era uma ninfeta de 15 anos, menor de idade?

O clima não podia ser melhor, a conversa fluía como se fossem conhecidos de longa data. Quando a comida chegou, Amber explicou que na verdade não gostava de couve mineira e, para sua surpresa, ele pegou uma

Eternizado em âmbar

garfada da couve do prato dela e comeu como se fosse espaguete, e novamente riram juntos.

Amber falou que era filha única, que sua família era de nerds, e por isso ela sempre gostou de ler, e que seus pais sempre deram a ela tudo de que precisou, carinho e educação, que eles sabem que ela estar ali é um sonho, mas também uma saudade, disse que provavelmente no Natal viriam visitar.

— E você, como é seu relacionamento com o Michael? É o único que conheço da sua família, já que o poderoso chefão ainda não apareceu no meu humilde 18º andar.

— E duvido muito que apareça. Meu pai é bom no que faz porque aprendeu a delegar, confia nos seus gerentes, e a coisa toda funciona como uma engrenagem. Já Michael, bem, sinto que ele não faz o que quer, que não é feliz no casamento e é uma marionete do nosso pai no trabalho. Honestamente, eu o amo, mas não vejo como posso ajudar se ele me acha um idiota inútil.

— Nossa, não acho que ele pense isso de você, lógico que mal o conheço, mas achar de coração que um irmão é inútil ou idiota, como filha única, fica difícil compreender. Você tem outros irmãos? E sua mãe e seu pai, juntos?

Por um instante, Frank sentiu-se nauseado, a vista ficou turva, e colocou a mão na cabeça em frente aos olhos.

— Frank, o que você está sentindo? Enjoo? Eu tenho algo aqui na bolsa, mas se quiser podemos ir embora se estiver passando mal.

— Não foi nada, acho que foi uma queda de pressão, ou a tal couve não caiu bem.

— É melhor pedirmos a conta, você está um pouco pálido.

— Eu vou ao banheiro e quando voltar nós vamos embora, tudo bem? E me desculpe.

— Claro, não tem problema nenhum.

Cinco minutos depois Frank volta cordialmente puxando a cadeira onde estava a garota e avisando que já acertou a conta e poderiam ir.

— Você está se sentindo melhor?

— Podemos conversar no carro? — Amber assentiu sem dizer mais nada, só entrou no carro e aguardou que ele dissesse o que estava acontecendo.

— Me desculpe por mais uma vez tirar sua sobremesa — e deu um sorriso sem graça, de canto.

— Se está rindo posso deduzir que está melhor? Que não é nada cirúrgico, não sei, uma circuncisão de emergência talvez, já ouvi alguns casos — brincou Amber, tentando fazê-lo rir e descontrair o momento.

— Você é maravilhosa, sabia? Eu não mereço sentar nem no mesmo carro que você.

O tom de brincadeira deu lugar a uma voz triste.

— Frank, posso te pedir para dividir comigo seja lá o que estiver pesando para que você, talvez, fique 1% mais leve?

— Respondendo a suas outras perguntas, eu tenho outro irmão, três anos mais novo, William, que está em coma em um quarto igual de um hospital montado na casa de meus pais, sim, pai e mãe, ainda casados, ainda infelizes, desde que eu matei o Will.

CAPÍTULO 10

O olhar de Frank era profundo e vazio, e Amber teve a impressão de que ele estava tão travado e perdido que mal estava respirando. Ela colocou as duas mãos no rosto dele e o virou para ela.

— Frank, olha para mim, respira. Olha bem no fundo dos meus olhos, lembra, você disse que eram olhos inesquecíveis, que não se veem muito por aqui.

Foi então que Frank a encarou e soltou o ar, os olhos enchendo de lágrimas, sem escorrer.

— Justamente, são os olhos cor de âmbar mais inocentes que já vi, não quero tirar a inocência deles com a minha sombra.

— Você não precisa me falar nada que não queira, mas também não quero que minta para mim. Se seu irmão mais novo está em coma, é impossível que você o tenha matado, já que ele está vivo e sendo cuidado na casa de seus pais, certo?

A voz tranquila de Amber parecia trazer Frank de volta à realidade, distanciando-o da fantasia de culpa que pairava sobre ele como uma nuvem negra.

— Era aniversário dele, de 21 anos, resolvi fazer uma festa surpresa na nossa casa de praia, nos Hamptons. Claro que ele já havia bebido antes, mas agora estava legalmente permitido a encher a cara, e ele levou isso mais a sério do que eu imaginava. Bebeu muito e de tudo, e eu não impedi. Pegamos o barco para dar uma volta com a namorada dele e uma galera e nem percebi que o *jet-ski* estava ancorado ao barco. Enquanto eu beijava uma menina, da qual nem lembro o nome, ouvi o grito da então namorada do Will, chamando pelo meu nome e falando para o Will não fazer não sei o quê.

"Foi quando fui ver, ele já estava em cima do *jet-ski* com as chaves, ligou, acelerou, e eu não impedi. Cair na água a 8okm/h é como cair no concreto, e ele tinha mais álcool do que sangue no corpo, não tinha a menor condição de pilotar o que fosse, e eu era o responsável, eu deveria ter impedido. Já na primeira manobra, ele caiu feio na água e eu pulei para socorrê-lo. No barco, fiz massagem cardíaca, ele colocou um pouco de água para fora, mas não abria os olhos, não respondia, mas respirava. Dali em diante, é tudo um borrão entre a gente voltando para a praia e Michael desesperado ligando para o helicóptero que levou Will para o hospital com traumatismo craniano severo. E ele nunca mais acordou, e é tudo culpa minha. Eu matei meu irmão, eu tirei toda a vida que ele tinha pela frente, eu deixei ele assim."

Nessas últimas frases, as lágrimas já não eram mais contidas. Frank chorava como um menino indefeso, e Amber o puxou para si, abraçando-o bem forte, e, sem dizer nada, ficou acariciando seu cabelo enquanto ele chorava os últimos três anos de culpa, que não pareciam que iriam embora tão cedo.

Alguns minutos depois, Frank estava mais calmo, porém ao mesmo tempo envergonhado, "um homem chorando e molhando o vestido da mais linda das mulheres", pensou ele.

— Me desculpe, Amber, eu me excedi. Acho que deveria ter procurado por um psicólogo na época, em vez de jogar tudo em cima de você assim, no que deveria ser um encontro.

— Mas como assim não foi um encontro? Você roubou comida do meu prato! Quer prova maior de um encontro bem íntimo que essa? — disse debochadamente.

— Eu paguei a conta, então, tecnicamente, não roubei nada.

— E seja muito bem-vindo de volta, Sr. van der Fucked.

Entre lágrimas, os dois riram, pois mesmo que Amber tentasse esconder, havia lágrimas nos olhos dela também. A verdade é que naquele momento ela não sabia o que dizer, só queria oferecer um colo para Frank chorar e desabafar pelo tempo que precisasse e depois, com sorte, fazê-lo rir novamente e entender que foi um acidente derivado de uma irresponsabilidade do seu irmão, e não dele. Mas ela não poderia falar nada disso agora, questionou-se sobre que direito ela tinha sobre aquela história, sobre esse trauma familiar.

— Consegue me levar para casa ou vai arriscar a deixar eu dirigir seu carro?

— Não teria problema nenhum você dirigir meu carro, mas posso sim, sei que já está tarde, nós dois temos que trabalhar amanhã e eu definitivamente não planejei a noite assim, mas, estranhamente, eu não me arrependo.

Eternizado em âmbar

Assim que pararam o carro em frente ao prédio, Amber disse:

— Nada de me levar lá em cima hoje, as meninas estão todas em casa e você vai começar a chorar e acordar todas como um bebezão — ela falava debochadamente enquanto ele sorria para ela, sabia que ela estava tentando animá-lo do jeito que conseguia, mais um pouco e as gargalhadas viriam.

— Me desculpe por hoje de qualquer forma.

Amber passou os dedos sobre o cabelo dele e disse:

— Não tem nada para se desculpar. E, a propósito, também prefiro seu cabelo solto — ironizou ela, já saindo do carro e desejando boa noite.

Assim que ela colocou as chaves na porta do apartamento, o telefone vibrou anunciando uma mensagem do Sr. VDF, "eu preciso trocar esse nome", pensou ela. A mensagem dizia:

"Seu perfume está no meu cabelo."

"Sorte que seus cabelos não estão em minhas mãos."

"Sorte para quem? Eu adoraria."

CAPÍTULO 11

Antes do despertador tocar, o interfone acordou o apartamento inteiro, menos Svetlana, que havia acabado de chegar da boate onde trabalhava como promoter e o atendeu. Amber presumiu que era algo para a própria Svet e voltou a dormir, afinal, 30 minutos de sono fariam falta lá pela hora do almoço, quando os bocejos do escritório ficam coletivos.

Quando Amber foi para a cozinha tomar o café que Sara já deveria ter preparado, pois era a que saía mais cedo para trabalhar, deu de cara com uma dúzia de arranjos de flores espalhados pela sala e cozinha, e com a cara de Sara sorrindo dizendo que não eram para ela.

— Parece que Svet recebeu mais cedo, viu que não eram para ela, deixou um dos cartões aqui na bancada e foi dormir. Claro que li, né, só o envelope, e que sorte o nome estar logo no envelope, ou eu teria lido todo o conteúdo para descobrir que não são para mim — disse em tom de deboche. — Acho que é sua vez de descobrir se são para você.

E lá estava o nome "Srta. Rodrigues Benson" no envelope creme. Deu uma olhada pelo cômodo e percebeu que eram arranjos de flores variadas, rosas vermelhas, brancas, lírios, peônias, tulipas, hortênsias, uma mais linda e viva que a outra, o perfume era inebriante e era impossível não sorrir com a visão, mas a curiosidade de ler o conteúdo do envelope venceu:

"Amber,
Você deveria acordar todos os dias assim, cercada de beleza além da sua, com a casa colorida e perfumada como você. Obrigado por ontem, por tudo, por tanto.
Frank"

Enquanto Amber lia e relia o bilhete, tia Sara se revirava em ansiedade de um lado para o outro.

— E então, fala logo, são do Frank? O encontro de ontem não foi só entre colegas de trabalho, né?

— Sim, são dele. E não, o encontro não foi só entre colegas de trabalho, acho que agora posso dizer que somos amigos e que por acaso ele é um dos donos da empresa em que trabalho. Que loucura isso, Sara, olha essas flores, não sei dizer nem qual prefiro e nem como cuidar de todas elas — disse rindo e sendo acompanhada por tia Sara.

Luci saiu do quarto para tomar café e também ficou surpresa com o que viu, olhou para as duas e logo percebeu que Amber era a dona das flores.

— Me conta tudo, Amber, que eu não aguento mais estudar e quero tentar viver através de você um pouco.

— São do Frank van der Berg.

Disse Amber sem cerimônia, e até o queixo de Luci, que não se surpreendia com muita coisa, caiu um metro e setenta até o chão, os olhos castanhos arregalados só fizeram conjunto com o "quem?" que ela não conseguiu segurar e saiu em forma de grito.

— Eu sei, eu sei. Nós saímos para jantar ontem e nos demos bem.

— Bem? Isso aqui não é só bem, não minta para sua tia. Você dormiu em casa?

— É claro que eu dormi em casa — disse Amber rindo.

— E ele, não dormiu aqui em casa também, né? — perguntou Luci, tentando parecer séria, mas já caindo na gargalhada com as outras duas.

— Bem, acho bom levar algumas para o meu quarto, onde ele não passou a noite — disse Amber e já foi direto pegando o celular para escrever uma mensagem para Frank:

"São todas lindas! Assim que possível, mande também as instruções de um jardineiro, eu não vou aguentar quando a primeira pétala cair e eu não puder fazer nada para que voltem a brotar. Eu as quero para sempre. Obrigada, Frank."

E foi ao final dessas palavras que ela percebeu que estava perdida, que estava sim se apaixonando por ele e não havia como negar. O fato de Frank ser o cara mais lindo que ela já viu era óbvio para o mundo todo, mas que ela se apaixonar com chances de ser correspondida era certa novidade. Olhou para as flores novamente e pensou que não podia ser só coisa de sua cabeça. Ele fez confidências ontem, ele chorou no seu colo, literalmente. Mas

Eternizado em âmbar

e se ela estivesse supondo demais? E se as flores fossem um agradecimento envergonhado pela noite anterior? Ela logo afastou esses pensamentos e começou a se arrumar para o trabalho, com os cabelos soltos, porque com certeza ela iria ao RH hoje.

Chegando no trabalho, ficou surpresa com a pilha de pastas em sua mesa, e antes que pudesse perguntar, Román passou dizendo:

— Sr. Grant disse que precisa da metade disso revisado ainda hoje.

— E a outra metade?

— para ontem. Boa sorte, amiga, acho que vai almoçar na sua mesa hoje.

E lá se foi a visitinha ao RH.

Por volta das 11h, Frank respondeu à mensagem.

"Vou conseguir o contato do jardineiro. Não estou na empresa hoje, mas gostaria de te ver no final do dia, podemos?"

"Nem sei quando será o final do meu dia. Tem uma boa pilha de trabalho para fazer aqui, e na faculdade também, então acho que ficarei o resto da semana agarrada nessa mesa. Podemos marcar algo no sábado, se você já não tiver outro compromisso?"

"Meu compromisso é você. Te pego às 10 horas no sábado."

O restante da semana passou num piscar de olhos, e mesmo que Amber estivesse com a cabeça no sábado, ela conseguiu concluir tudo a que se propôs, tanto no trabalho quanto na faculdade. Ficou realmente cansada, mas sempre que via uma mensagem de "bom dia" ou "boa noite" do Frank, ela se pegava sorrindo sozinha.

Estava tão exausta que, chegando sexta-feira, Matt e Melissa mandaram mensagem a convidando para sair, mas ela recusou o happy hour dizendo que precisava colocar o sono em dia, o que não foi muito fácil, já que a ansiedade pelas 10h de sábado a fez levantar às 7h mesmo sem o despertador.

Caroline Greco Regly

"Posso te sequestrar o final de semana inteiro? Acho justo por ter te deixado trabalhar em paz durante a semana. Leve roupa de banho, vamos à casa de praia nos Hamptons, voltamos domingo à noite. Só estaremos nós dois lá."

Leu e releu a mensagem de Frank no celular, ele havia mandado na noite anterior, quando ela já estava dormindo. Ela sabia que queria ir, mas se perguntava se deveria, se não era cedo, mas cedo como se tecnicamente o conhecia há seis anos e meio quase. E foi com essa desculpa esfarrapada, que deu a si mesma, que respondeu um simples "sim" na mensagem e pontualmente lá estava ele, às 10h, colocando a pequena mala dela dentro do carro, depois de cumprimenta-la com um "bom dia" e um beijo na testa.

Tia Sara sabia de tudo e estava tão empolgada quanto ela. Pediu para que mandasse notícias e fosse uma mocinha comportada, acrescentando um "não faça nada que eu não faria", e com isso Amber entendeu, "divirta-se".

CAPÍTULO 12

O lugar não poderia ser mais lindo, uma mansão à beira-mar, com uma varanda idílica que cercava toda a casa. O barulho das ondas, "dá para esquecer da vida aqui", Amber pensou. Frank tirou as coisas do carro e deixou na sala. Enquanto ela admirava o mar de longe, Frank chegou por traz a abraçando, o que a deixou surpresa, mas instintivamente colocou a cabeça de lado, deixando livre o pescoço, que ele imediatamente cobriu de beijos castos e depois não tão inocentes assim, fazendo-a se arrepiar.

— Por que não coloca o biquíni e vamos nadar, a água não deve estar tão gelada em um dia quente como esse, parece que fomos abençoados, afinal, Deus deve estar me dando uma trégua por trazer um anjo ao meu lado.

— Suponho que eu seja o tal anjo e nunca vi nenhum de biquíni.

— Vamos ver hoje pela primeira vez. Vai lá, a casa é sua, eu já estou com a sunga por baixo da bermuda, vou esquentando a água toda do mar para você.

— E você vai ter xixi para isso tudo? — falou ela, debochando como sempre.

Ela entrou na casa rindo, procurando por sua bolsa, e foi se trocar no banheiro, pensando se aquele biquíni azul da cor dos olhos dele, com detalhes em dourado, não era revelador demais. Ao menos na água fria ela teria uma desculpa para ficar arrepiada, pensou.

Ele já estava no mar, nadando feito um peixe. Ela o observou por alguns minutos, como quem observa uma obra de arte que quer comprar e ter para sempre, quando ele parou, ergueu a cabeça e, quando a viu, seu queixo caiu.

Ainda não tinha visto Amber tão por completo, e ela era espetacular, nem o mar tiraria tanto o fôlego dele. Ela era escultural, uma beleza natural, é claro que tinha alguma academia e corridas ali, mas nenhum exagero, pensou ele. Que pensamentos superficiais perto da grandeza daquela alma que o viu no seu pior e o acolheu sem julgar. Uma certeza ele tinha: precisava melhorar por ela, ser digno dela e achar uma saída para Will, reparar seus erros.

Caroline Greco Regly

Amber foi entrando no mar com os olhos fixos em Frank, o sol refletia nos olhos da garota, que brilhavam na cor âmbar mais clara possível, pareciam lentes, irreais, dessas que Deus confere aos seus prediletos. Quando resolveu mergulhar na direção dele, entrar na água gelada de uma vez seria mais fácil, e chegar ao alvo seria sua motivação, apenas alguns metros a nado, onde já não dava para ficar de pé. Por baixo d'água, ela o encontrou e se agarrou na sua cintura, surpreendendo-o, e ele fez o mesmo, puxando-a para cima pela cintura. Um segundo de apreciação e os olhos se fecharam na mesma hora que as bocas se abriram e se encontram, aquecendo o frio do mar, aquecendo todo o corpo. Eles sentiram ao mesmo tempo que não tinham mais um segundo a esperar.

Com as pernas já entrelaçadas na cintura dele, sentia seu membro bem pronunciado, nem se quisesse esconderia, e ela, perdida em excitação, beijava-o como se ele fosse sumir em meio às águas, agarrando seus cabelos como se fosse sua âncora, a felicidade. E ele mal conseguia se conter de tesão, ela era muito gostosa, ele a beijava no pescoço, no ombro, coberta de água salgada, mas ainda assim ela parecia um doce, uma sobremesa, e ele foi ousando mais, segurando-a pelo quadril, apertando a sua carne, encaixando-a mais ainda nele. Estavam perdidos. Ou os dois cediam, ou um recuava, não havia meio termo.

Foi quando ela abaixou as pernas para ficar de pé, abraçou-o e disse:

— Preciso recuperar o fôlego.

Irônico, ele observou que ela nem havia nadado tanto assim.

— Você me entendeu perfeitamente. Eu não sei o que está acontecendo aqui, tenho medo de descobrir, de perguntar, mas não quero que acabe.

— E quem disse que precisa acabar? Eu quero você comigo, eu te trouxe aqui não só por um final de semana. Será que depois daquele dia você não percebeu que sabe mais sobre mim do que muita gente? E que com certeza eu quero você ao meu lado, não só assim, não só nós dois, não que não seja incrível assim, mas eu já estava pensando nisso... Eu gostaria que você conhecesse meus irmãos, o Michael e o Will.

— O Michael eu já conheci, no meu primeiro dia na empresa.

— Mas eu estou dizendo conhecer, não como uma funcionária. Vamos, não torne as coisas mais difíceis para mim, não sou o melhor com palavras

Eternizado em âmbar

desse tipo, mas pensei em irmos a um jantar na casa dele, com você, bem ao meu lado. Amanhã partimos mais cedo e paramos lá no caminho, o que acha?

— O que eu acho? Que vou ficar envergonhada diante do meu chefe enquanto estiver querendo beijar o irmão dele, mas vergonha nunca matou ninguém, então, vou pensar e te respondo no fim do dia, sabe, para fazer um suspense.

E ele abriu um sorriso tão largo que se não estivesse sol, ele mesmo iluminaria o mar, e a beijou intensamente, agarrando-a pela bunda, ela novamente com as pernas entrelaçadas nele, e seus braços em volta do pescoço dele enquanto ele seguia para fora d'água. Ele tinha quase 1,90m, e ela não era pesada para ele, parece que se encaixavam perfeitamente.

Assim ele entrou na casa, todo molhado, e a colocou também molhada no sofá, e o controle já não estava mais ali, agiam como se quisessem devorar um ao outro, com uma ânsia de algo que era esperado e já havia demorado muito para acontecer.

Os questionamentos de ser ou não muito cedo sumiram completamente da cabeça de Amber quando ele perguntou se podia desamarrar seu biquíni e ela assentiu. Ele desfez o laço com os dentes e tomou o seio esquerdo em sua mão, o qual coube perfeitamente. Não se conteve e o levou até a boca, dando uma mordiscada no bico que a fez arquear as costas e arfar. Sentia-se dormente, incapaz de controlar os próprios movimentos, e ele era um ótimo diretor de cena, e foi assim, guiando-a, beijando-a na clavícula, no pescoço, enquanto a única coisa que ela conseguia fazer era agarrar os cabelos dele para trazê-lo mais para perto, em um pedido silencioso para que não parasse.

E ele não parou quando desceu pela barriga, dando beijos molhados, descendo a parte de baixo do biquíni e colocando a boca lá, justo lá.

Era de dia, mas Amber podia jurar estar vendo estrelas no teto rebaixado com arabescos na mansão dos VDB. Instintivamente ela fechou as pernas, e ele lhe lançou um olhar travesso:

— Você não quer? Porque se não quiser eu preciso sair correndo daqui para um banho mais gelado que o mar — falou Frank em tom carinhoso e ao mesmo tempo descontraído.

— Eu estou nervosa, você me deixa assim.

— Eu não costumo ficar nervoso, mas estou, porque quero dar o melhor de mim para você e temo não ser capaz, ou que meu melhor não seja o suficiente para alguém como você.

— Eu acho que se você for tomar um banho gelado vai ter que me levar junto.

E ele subiu para beijá-la, em uma das bochechas, depois na outra, na testa, como um namoradinho de escola, mas quando beijou na boca, foi bem diferente. Ela o queria tanto quanto ele a queria. O beijo era intenso, e sem perceber Amber mordeu forte o lábio inferior dele, que riu e disse:

— Você pode tudo.

E ela resolveu explorar o corpo do rapaz, aquele peitoral e abdômen definidos, que ela ia tocando e arranhando de leve, deixando um rastro avermelhado em sua pele branca, e ela se sentia poderosa toda vez que ele fechava os olhos, mordendo a própria boca e deixando a cabeça ceder para trás. Enquanto as pernas de Amber ficavam moles e abriam-se para ele novamente.

— Eu te quero, Frank.

E nesse momento, mal dava para ver onde um começava e o outro terminava. Ele foi com a boca na virilha dela, enquanto ela se curvava para alcançar as costas dele, alternando entre arranhá-lo levemente com uma das mãos e puxar seus cabelos com a outra.

Ele a beijou, bem ali na área de maior prazer, como quem dá um beijo de língua invasivo, o que a fez pulsar de desejo. Na hora, o único pensamento coerente que passou pela cabeça de Amber foi que ele tinha raízes fortes, ou já não teria um fio de cabelo na cabeça de tanto que ela se agarrava a ele.

Ela já não tinha forças e jogou as costas no sofá, deitando e se liberando completamente para o que ele quisesse fazer com ela. Ficava se contorcendo para cima e para baixo, e ele ia intensificando os movimentos com a língua, quando introduziu um dos dedos nela, e não demorou muito mais para ela chegar ao ápice do prazer, com um gemido seguido de um suspiro e uma lágrima querendo escorrer de emoção por viver algo tão surreal pela primeira vez.

Mesmo depois que ele levantou o rosto para fitar a expressão dela, ela ainda se contorcia de prazer, e quando abriu os olhos, ele pôde ver que estavam ainda mais brilhantes e que nada estragaria isso. Ele decidiu naquele

Eternizado em âmbar

momento que não permitiria nada menos do que aquela felicidade para ela, que refletia nele de um jeito que não sentia há anos, se é que já sentiu alguma vez por outra mulher.

Quando ele fez menção de se levantar, ela recolheu e cruzou as pernas com vergonha da sua nudez, já que ele ainda estava de sunga.

— Você não precisa ter vergonha de ser a coisa mais linda e gostosa que existe.

— Eu não estou acostumada com isso, são mais de dois anos sem ninguém me ver assim, e digo ninguém porque foi um completo ninguém idiota que teve essa visão.

— E o que esse idiota fez para eu não repetir?

— Não sei se quero falar sobre isso depois de um momento tão maravilhoso.

— Eu só quero que você possa confiar em mim e me contar o que quiser, quando você quiser.

— Eu o conheci na faculdade, namoramos por alguns meses, eu era virgem e ele insistia muito para que transássemos, eu não me sentia pronta, mesmo já tendo 19 anos. Eu gostava dele, ele era bonito, mas não me despertava esse tesão que sinto quando estou com você. Mas eu acabei cedendo, por achar que era o normal a se fazer, já que ele era meu namorado. Algumas semanas depois eu descobri que ele me traía com mais de uma pessoa, como se eu fosse a namorada que ele apresenta à família, mas transa com outras por aí. Eu terminei, obviamente, e não senti falta dele, não tanto quanto senti raiva de mim por ter cedido àquele idiota. Prometi a mim mesma que só faria de novo se realmente tivesse vontade, paixão, conexão, acho que por isso que nos últimos dois anos não rolou nada sério com ninguém.

— Eu tenho vontade de matar esse infeliz por ter marcado um momento importante da sua vida dessa forma. Mas me sinto lisonjeado por saber que eu desperto em você sentimentos e sensações que ninguém nunca despertou antes, e pode ter certeza, é igual comigo. Você mexe comigo de um jeito que eu não consigo nem explicar.

Nesse momento, Frank se aproximou dela e deu um beijo carinhoso, calmo, no qual ambos podiam sentir as batidas do coração do outro. Logo após ele disse:

Caroline Greco Regly

— Pode colocar esse roupão, se te deixa mais confortável. Ou pode ficar de biquini, ou sem nada, você que manda aqui. Está com fome?

— Eu comeria um boi.

— Nossa, encontrei a última das donzelas mesmo.

— É sério, digamos que você me abriu o apetite, para tudo.

— Vamos, eu pedi para a Graça, nossa cozinheira, vir ontem e deixar algumas refeições prontas para esquentarmos, vamos comer e descansar. Tivemos uma manhã intensa, não acha?

— Intensa? Para mim foi só mais um dia qualquer — disse Amber com sarcasmo.

Ele a agarrou, levando-a para a cozinha, fazendo cócegas e perguntando insistentemente "um dia qualquer? Um dia qualquer?", enquanto ela gargalhava alto, com um sorriso largo e chorando de rir.

— Eu quero dias assim, quero poder dizer que um dia assim foi um dia como outro qualquer. Você tem grandes chances de me acostumar mal, eu aqui me apaixonando por você e... — Ela mesma se interrompeu, sentindo que já estava falando demais, seu lado racional deu as caras e ela respirou fundo, partindo para arrumar o almoço.

— Eu também, Amber, não se esconda de mim, não faça com que eu me esconda de você, eu quero viver essa paixão, você não?

— Você conhece a palavra medo? Então... Parece tão bom que eu estou esperando dar errado. E cada vez fica melhor, eu não entendo.

— Eu menos ainda, mas só quero viver isso com você. Engraçado que eu precisei literalmente esperar você crescer para Deus te colocar bem na minha sala. Eu não quero ser mais um inútil idiota, eu não vou deixar você escapar de mim, a não ser que você me olhe com esses grandes olhos amarelos âmbar e me diga com certeza que não me quer.

— Não consigo me imaginar fazendo isso, com certeza não se você estiver olhando para mim assim, talvez de olhos fechados, ou de costas, e com certeza vestindo mais que uma sunga e...

O beijo dele a interrompeu, os dois se abraçaram e riram, depois foram organizando o almoço, com a descontração de quem fazia pela primeira vez e a experiência de quem conhece o coração do outro.

Eternizado em âmbar

Após o almoço, Frank foi mostrar a casa para Amber. O cômodo com que ela mais ficou maravilhada foi a biblioteca, dessas com escadas para se alcançar os livros do alto, tinha até uma parte separada só para as primeiras edições de grandes clássicos.

Frank ficava olhando maravilhado com o interesse genuíno dela pelas coisas.

— Sabe, lá no Brasil também temos um escritório com uma estante de livros de neurologia, neurociência, medicina dos meus pais, e no meu quarto, livros que fui adquirindo ao longo da vida, comprando, ganhando, a maioria dos meus amigos, que sabiam que, no meu aniversário, o que eu mais gostava de ganhar era livros. Quem sabe um dia parar de só revisar e escrever um. Sonhar não custa nada, né?

— Sonhar é o primeiro passo na direção da realização do que você tanto quer, eu não tenho dúvidas que você vai chegar lá.

— Falando dos livros dos meus pais, estou aqui pensando, meu pai é neurocirurgião e minha mãe não é médica, mas tem Ph.D. em neurociência. Quem sabe eles possam ajudar o Will de alguma forma.

— É uma coincidência extraordinária, mais tarde eu vou te contar por quê. Acho que agora temos que ir para o nosso quarto.

— Nosso quarto? Quando aceitei o convite achei que teria um quarto de hóspedes só para mim.

— Mas isso foi antes de eu te tirar o fôlego. EU, não o mar, que fique claro.

— Acho que você é meu pretencioso favorito. E sim, me mostre o nosso quarto então.

Ele a pegou pela mão e foi conduzindo até o segundo andar, onde ficava seu quarto. Ao entrarem, tudo era tão branco, parecia que ele gostava de decorações assim, claras, e também havia uma estante de livros, aparentemente todos de negócios, empreendedorismo e alguns de ciências.

— Acho que precisa de um romance naquele estante.

— Você está me dando romance por todos os lados, por que limitar a uma estante? Temos uma banheira aqui também, que tal tomarmos um banho para tirar o sal do mar?

— Posso tomar uma ducha sozinha?

— Claro, eu vou usar o banheiro social enquanto isso.

Ela pegou a lingerie e a camisola que havia levado e foi para o banheiro, entrou no chuveiro e a sensação era de paz e ansiedade, "o que viria depois desse banho?", ela se perguntou.

Quando acabou, agradeceu por ver um secador de cabelos na pia, pois deitar com eles encharcados não seria muito bom. Vestiu-se, olhou-se no espelho e pensou: "será essa a noite?".

Quando saiu do banheiro, ele já estava lá, de roupão, deitado na cama, e ela se arrependeu de não estar de roupão também, já que a lingerie e a camisola era um conjunto bem revelador e sensual.

— Nossa, Amber, eu achei que *rosé* era sua cor... Mas agora, acho que vermelho lhe cai muito bem.

— Pois é, e você aí de roupão.

— Se não gosta, eu tiro — e se despiu do roupão, revelando apenas uma cueca boxer coincidentemente vermelha. Virou-se para guardar o roupão, e Amber reparou novamente na fênix que ele havia tatuado do pescoço até o meio das costas, costas largas, fortes, "e um bumbum perfeito", pensou ela.

Ele voltou a se deitar na cama *king size* e chamou por ela, que foi no automático. Ao deitar, instintivamente colocou a mão sobre o peitoral dele dizendo:

— Você é tão forte, definido, não sei como arruma tempo para academia.

— Eu tenho os aparelhos na minha casa, então faço sempre que posso. Mas me diga, então, sobre isso tudo aqui — ele gesticulou em volta dele rindo, apontando para o peitoral, o abdômen definido com tom pretencioso. — O que fisicamente mais te atrai em mim?

— Você sabe o quanto é lindo, eu mesma precocemente confessei que você era o homem mais lindo que já havia visto, e mantenho. Eu adoro isso aqui — e ela acariciou o peito dele —, e eu adoro isso aqui — tocando delicadamente em seu abdômen, o que o fez se arrepiar. — Mas o que eu mais adoro em você é esse seu cabelo — e fez carinho neles.

— Meu cabelo? Sério? Até que é arrumadinho, né? — disse rindo.

— Não é por ser arrumadinho, quando está arrumadinho eu só posso admirar, eu gosto da parte que eu desarrumo ele, gosto do cheiro, do toque, são tão macios, eu gosto de me agarrar a eles, como fiz na praia, no sofá,

Eternizado em âmbar

te puxar para perto, entrelaçar meus dedos nos cabelos mais curtos da sua nuca e perceber que você gosta, que fica arrepiado, e um dia vou gostar de fazer carinho até você dormir.

Ele ficou emocionado com suas palavras e também com muita vontade de que ela o agarrasse pelos cabelos ali e agora, puxando-o para si e se entregando inteira para ele. Quando ele ia fazer um movimento nesse sentido, ela se virou de bruços, revelando as fendas da camisola, que deixavam a poupa do bumbum a mostra, e perguntou:

— E você, o que mais gosta em mim?

— Você não joga muito limpo também, né, com isso tudo na minha frente, nossa, você é muito gostosa. Você é toda perfeita, mas, honestamente, eu amo os seus olhos, são únicos como você, foi a primeira coisa que reparei em você no restaurante, e continua sendo a primeira coisa que me prende quando te vejo, que me acalma, me seduz, e claro, junto com essa camisola seduz mais ainda, porque não ficam olhos tão inocentes assim, pelo contrário, eu posso ver muito desejo nesse olhar.

— Você vê porque existe.

E não precisou ela dizer mais nada para que ele fosse para cima dela, beijando com intensidade, sua língua buscando a dela e ficando ambas em uma sincronia de quem se beija há anos e já sabe o ritmo da própria dança.

— Eu quero muito você, Amber, mas vou respeitar seus limites. Você me quer?

E ela, em vez de responder, agiu, girou ele para baixo dela e se ergueu, sentando sobre sua pelve, e tirou ela mesma a camisola, relevando a lingerie também vermelha e com algumas transparências, rendada, perfeita no seu corpo.

— O que você acha, Frank? Você me levou às estrelas mais cedo, talvez agora seja a minha vez de fazer o mesmo.

— Então vamos chegar nas estrelas juntos, porque não quero fazer nada sem você.

Ela desceu a cueca dele até os joelhos e ficou impressionada com o quanto seu membro já estava ereto. Primeiro ela o tocou, fazendo ele arquear as costas, e depois colocou a boca sobre ele, lambendo, engolindo, em um movimento de vai e vem.

— Puta que pariu, Amber, assim eu não vou me segurar por muito tempo mais.

E ele já estava realmente lubrificando, ela sentia seu gosto e adorava, nunca se sentiu tão poderosa na vida, controlando o desejo dele. Fazendo uma pausa, ela disse:

— Eu não uso anticoncepcional.

Frank abriu a gaveta à sua esquerda e pegou uma camisinha, que já foi colocando, e repetiu:

— Se você continuasse com a boca ali por mais um minuto, eu chegaria nas estrelas sem você, e não quero isso hoje.

Ele a colocou de costas na cama e ficou em cima dela, afastando a alça do sutiã e beijando o bico rosado do seu seio, sugando, e ela entrando naquele estado de entorpecimento, ficando ofegante.

— Amber, você me quer o mesmo tanto que eu te quero?

— Sim, e agora.

Foi quando ele tirou a calcinha dela, carinhosamente, beijando suas pernas, seu joelho, até seu pé. Tirou completamente sua cueca e deitou-se sobre ela, já se introduzindo lentamente nela, e logo na primeira investida ela soltou um gritinho abafado.

— Te machuquei?

— Não, eu só não consigo controlar nenhuma parte de mim neste momento.

E ele continuou, devagar e foi acelerando, enquanto beijava seu pescoço e sua boca. Ela passava as mãos pelas costas dele e chegava a arranhar forte, não conseguia controlar.

Quando o vai e vem ficou intenso demais, ela agarrou os cabelos dele, e também começou a movimentar seu quadril para frente e para trás, eles estavam em perfeita sincronia.

— Eu acho que não consigo me segurar mais, parece que vou explodir ou derreter — sussurrou Amber.

— Então se derreta em mim que eu estou pronto para você.

E foi assim que ela ergueu mais ainda o quadril na direção do membro dele, e ele investiu mais fundo sobre ela, e os dois atingiram o orgasmo quase

Eternizado em âmbar

ao mesmo tempo, enquanto ela arfava em sons de "ah... ai, meu Deus", ele estava completamente entorpecido e só sabia dizer:

— Meu Deus, como você é gostosa, você é perfeita, abra esses olhos para mim, eu quero gravar esse momento para sempre.

E ela o olhou, e ele se aproximou e disse:

— Você é a melhor coisa que aconteceu na minha vida, por favor, fica comigo!

E se abraçaram, relaxando seus corpos suados e satisfeitos depois do melhor sexo da vida deles.

CAPÍTULO 13

Depois da melhor noite de sua vida, Amber passou boa parte do dia dormindo, e Frank também, mas levantou um pouco antes para preparar um café, mesmo que já tivesse passado da hora do almoço.

Ele levou o café para ela na cama, em uma bandeja, acordando-a com beijinhos no ombro. Ela foi se virando, abrindo os olhos e se deparando com aquele espetáculo de homem, passou a mão no rosto dele como quem quer confirmar se ele é real mesmo, se a noite foi real, se tudo tem sido real.

— Bom dia, minha princesa. Vamos comer alguma coisa, nos despedir da praia e logo, logo temos que nos arrumar para irmos à casa do meu irmão.

— Bom dia, meu príncipe. Estou faminta mesmo.

Após o café, carícias e um banho a dois bem demorado. Amber se vestiu com a melhor roupa que trouxe, um vestido longo com estampa floral, mangas caídas, um decote decente, mas provocante, e ficou se olhando no espelho, pensando se estava apresentável para entrar na casa do CEO da sua empresa pela porta da frente como uma convidada, e não uma funcionária entre tantos setores que a empresa abrangia.

Entrar ao lado de Frank. A ansiedade foi chegando, com aquela voz que diz que as coisas não vão dar certo. Por sorte, nesse momento Frank voltou para o quarto e disse:

— Como você consegue ficar tão linda vestida quanto nua? Honestamente, eu não entendo. É um paradoxo na minha cabeça, eu quero te esconder do mundo para eu ser o único a poder admirar tudo isso, mas ao mesmo tempo eu quero desfilar com você por aí, sentindo a sorte que tenho.

— Desfilar comigo por aí, vai me pôr sobre os ombros como um troféu, estourar um champanhe, algo do tipo?

— Desculpe se fui machista, mas eu não sou perfeito, você não é um troféu, você... Você é uma luz que ilumina meu caminho e me dá coragem para percorrer o que preciso.

— Você precisa me contar desse caminho se precisa mesmo da minha ajuda para iluminá-lo.

— Eu vou te contar tudo que você quiser saber. Tudo.

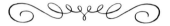

Ao chegarem na casa de Michael, foram recebidos na porta pelo próprio, com muita hospitalidade, um abraço caloroso entre irmãos e um abraço mais tímido com quem Amber supôs ser a esposa de Michael, uma morena de cabelos na altura dos ombros, belíssima em seu vestido branco.

— Acho que essa eu já conheço — disse Michael com um tom descontraído, bem diferente do CEO na empresa.

— Olá, Michael, tudo bem? Obrigada por nos receber.

— Imagina, é um prazer. Essa é minha esposa, Susan. Susan, essa é a mais nova contratada da Editora VDB.

Antes que elas se cumprimentassem, Frank completou a apresentação do irmão dizendo:

— É minha namorada, Amber.

Enquanto as mulheres davam um abraço cordial, os irmãos se entreolharam. Michael definitivamente curioso e pensativo, e Amber ficou processando a última palavra de Frank, "namorada?".

— Bom ter uma cunhada então, só tive uma e... Bem, vamos beber alguma coisa?

Amber não sabia com certeza se Michael fazia referência a alguma namorada de Frank ou à namorada que William tinha na época do acidente, mas pela interrupção dele, sentiu que não era o momento de abordar o assunto e seguiram para sala de jantar, onde beberam, conversaram sobre trivialidades, sobre a origem brasileira de Amber, um assunto que levantava curiosidade e várias perguntas. O clima era o mais agradável, mesmo que Susan não falasse muito e às vezes olhasse meio torto a Amber, o que poderia ser coisa de sua cabeça.

Durante todo o tempo, Frank permanecia com as mãos nas costas de Amber, ou sobre sua coxa, dando a ela uma sensação de segurança. Ela, para variar, retribuía o carinho mexendo no cabelo raspado da nuca dele e sentindo que ele se arrepiava tanto quanto ela, por mais inocentes que fossem os toques.

— Vamos jantar, então? Vou pedir para Olivia nos servir. Nenhuma alergia, Amber?

— Eu tenho alergia a camarão, a garganta praticamente fecha, não é uma cena bonita.

Michael fez uma cara feia, como quem quer insinuar que camarão é justamente o prato principal.

— Então que bom que Frank me avisou isso antes e comeremos um boi, ele disse que você queria um boi, mas acho que medalhão de filé mignon e arroz à piemontese pode te agradar.

Amber, vermelha de vergonha, olhou para Frank em negação, pensando como ele pôde falar que ela estava faminta querendo um boi. Relevou que, por serem irmãos, falam besteiras entre si, e também, por ela adorar medalhão de filé mignon, não reclamaria disso.

O jantar transcorreu bem, até que Michael fez uma pergunta de negócios, que mesmo não sendo do ramo de Amber e ela não entendendo tão bem, pôde perceber que Frank ficou visivelmente chateado.

— Não acho que seja o momento para falarmos sobre isso, Mike, mas posso te dizer que eu não estou sentado o dia inteiro na mesa do RH à toa.

— Eu sei, eu sei, aliás, acho que o que você menos faz é ficar na sua sala, ou sequer na empresa, me pergunto que tanto Relacionamento Humano você faz que demanda entrevistas fora da empresa.

— Como eu disse, não é hora nem lugar para esses assuntos. Aliás, eu sei que a Olivia faz umas sobremesas ótimas. — Piscando com uma cara de sem vergonha para Amber, disse: — Nós não somos o tipo de casal que fica sem a sobremesa, não é Amber? — ela riu com o tom de deboche dele.

Depois de serem servidos e a sobremesa estar realmente uma delícia, Michael os convidou para uma última bebida, mas Frank disse que já estava tarde e estavam cansados da estrada.

Amber se despediu de Susan com a mesma cordialidade e até frieza da noite toda, e foi até Michael para fazer o mesmo, depois de um abraço tímido, ele disse:

— Você faz bem ao meu irmão, cuide dele. Há coisas que eu não consigo fazer, nossa família é muito complicada e nosso pai, bem, muitas coisas a contornar. Espero que tenhamos tempo para muitas outras conversas, foi um prazer te conhecer melhor, Amber.

— O prazer foi meu por nos receber, e não há nada que eu queira mais do que ver o Frank bem, só espero estar à altura da tarefa.

Todos se despediram, e por fim Frank jogou um olhar inquisidor na direção de Michael, como quem se questiona o que tanto ele tinha para falar com Amber além de um boa noite.

Já no carro, a caminho do apartamento de Amber, Frank perguntou:

— E então, o que achou? Te morderam? A Susan às vezes morde, eita mulher azeda que meu irmão escolheu para se casar, até hoje não entendo os motivos.

— São casados há quanto tempo?

— Estão juntos há cerca de quatro anos, acho. No início nem parecia ser nada sério, até que se casaram uns seis meses após o acidente do Will, não sei por que, talvez querendo trazer mais ações para a empresa. Os pais da Susan são um dos nossos maiores investidores. Ela deve ter aproveitado um momento de fragilidade dele, ou pediu aos pais para investir mais na nossa empresa, só sei que nunca senti muito amor entre eles, e com certeza nada perto do que nós estamos construindo.

— E nós somos namorados há quanto tempo? — questionou ela com ironia.

— Na minha cabeça, desde que comi aquela couve do seu prato. Mas se for para escolher uma data, foi ontem, quando me convenci de que precisava te convencer a ser minha namorada.

— Que bom que esclarecemos esse ponto. — Ambos sorriram e Amber continuou: — Vamos ao próximo. E o assunto de trabalho que não podia ser mencionado na mesa do jantar? Senti uma tensão entre vocês.

— Sentiu porque há. Meu pai confiava nele por ser o mais velho, com mais experiência para dirigir a empresa, e antes do acidente eu também era considerado um sucessor, digamos que não era o sonho do Mike ser CEO da VDB. Mike trocou o curso de história da arte para economia três anos atrás e assumiu o posto. Nosso pai, o grande Sr. Hans, não estava emocionalmente disposto para os negócios.

— E você, o que fazia antes disso?

— Me considerava um investidor, inovador, trazia as ideias para meu pai, ele gostava, chegou a investir em algumas que deram muito certo, como a Editora, que só existe na corporação porque eu achei interessante termos

Eternizado em âmbar

um canal que nos conectasse a todo tipo de público, seja pelo jornal ou pelas mídias sociais. Não que eu queira controlar a narrativa, os jornalistas têm total autonomia, mas nesse ramo de negócios é bom saber das coisas antes de elas aparecerem na tela do seu celular.

— E por que isso mudou? — perguntou Amber já imaginando o motivo.

— Meu pai me culpa pelo acidente, me enterrou no RH para não ficar feio para a família ter um dos filhos fora da empresa, poderia gerar descredibilidade entre os investidores. Mas quem gerencia o RH da empresa é praticamente a Rachel e os outros assistentes, com o salário que ela merece, claro, mas o combinado é o título de gerente ser meu, título que nunca quis.

— Agora entendo por que não tem nada na sua porta indicando seu cargo, além, é claro, da pichação, que posso dizer que foi você mesmo que fez, certo?

— Assim que cheguei. Levo jeito, não acha? — disse rindo e completou: — Meu irmão tem razão quando diz que não fico muito tempo na empresa. Eu queria falar com você sobre isso, pedir sua opinião, sua luz nesse caminho, já que o seu departamento faria parte da empreitada.

— Então me conte tudo, porque estou pura curiosidade e vontade de virar um farol nessa estrada — disse Amber sorrindo.

— Sabe, cafeterias com livrarias ou livrarias com cafeterias não são exatamente uma novidade em NY, e se estão abertas, é por que são lucrativas. Eu pensei que, como nós temos os imóveis, não seria necessário investimento com isso, e parte dos lucros poderia ser revertido para uma obra de caridade em nome de William e para financiar mais estudos que possam reverter o quadro dele. Já pesquisei sobre isso e já falei com médicos da área do seu pai, cientistas, que me deram uma abordagem mais inovadora sobre o que pode ser feito, entende? Isso me fez ter esperança nesse último ano, eu juntei vários dados, tenho uma pasta na empresa com os números, variáveis, os planejamentos, e você falou dos seus pais, eu já quero falar com eles também — Frank falava cheio de empolgação.

— Eles vão adorar poder ajudar. Algumas pessoas mais distantes da família costumam dizer que meus pais deveriam ser ricos, mas eles são altruístas, sabe? Querem melhorar a ciência, que as coisas sejam mais acessíveis. Você vai falar com eles com certeza, mas tem que falar com seu pai também, Frank.

— Eu já pensei, tentei, mas a única vez que mencionei que tinha uma ideia sem nem dizer qual era para meu pai, ele me mandou calar a boca e fazer meu papel atuando no RH, tendo acesso ao dinheiro da família e vivendo uma vida de playboy mulherengo, que, confesso, foi o que fiz por um bom tempo. Meu pai sempre foi rigoroso, principalmente no que diz respeito aos negócios, mas depois do acidente ele realmente me excluiu e me deixou no RH como um cala boca, entende? E eu, tão culpado com tudo, me acomodei nesse lugar, na vida desregrada, não queria saber de nada, mas o tempo foi mudando as coisas na minha cabeça, foi uma reportagem sobre pessoas acordando de longos comas que me deu um despertar.

— As suas ideias são ótimas, você não consegue colocá-las em prática sem usar fundos da empresa, usando seu próprio dinheiro?

— Talvez, mas não é só isso que eu queria... Queria redenção. Do meu pai, do meu irmão. Queria que fizéssemos isso juntos, como empresa, como família. Queria William de volta. E que a culpa fosse embora.

— Uma culpa que não é sua, vocês eram adultos, William fez as escolhas dele, inclusive de se embriagar, foi um acidente, você não tinha como prever e esconder as chaves do *jet-ski*, do jeito que você descreveu poderia ter acontecido qualquer outra fatalidade com o mesmo resultado, e você se culparia também?

— Sim, porque eu organizei a festa.

— Você fez algo bom, que infelizmente teve um final ruim, sem a sua intenção ou interferência no resultado. Mas se eu falar não é o bastante para você acreditar nisso, me explica melhor o que podemos fazer para seu pai te ouvir e contornar toda essa situação.

Chegaram no apartamento, Frank ajudou a subir com a mala, deu um beijo demorado em Amber e disse para ela descansar, que seria uma semana intensa.

— Eu sei que o trabalho e a faculdade tomam quase todas as horas do seu dia, mas eu não quero passar mais um dia sem te ver, nem que seja por um instante.

Com ambos cansados pela viagem, pelo trânsito e pelo jantar, despediram-se com um longo abraço, quase como se pudessem dormir de pé recostados um no outro, quando Amber se afastou e disse;

— Quer dormir aqui? Dormir!

Eternizado em âmbar

Ele respondeu que sim imediatamente e desceu para pegar sua mala, enquanto ela foi tomar banho. Quando saiu de toalha, ele estava sentado na ponta da cama, com um olhar carinhoso, mas também cansado.

— Pena que eu perdi a hora do banho e agora vou ter que me esfregar sozinho.

— Deixa de ser bobo, estamos com os olhos caindo, são quase duas da manhã e precisamos estar no trabalho às 8h, ao menos eu preciso, né?

E ele foi tomar banho, minutos depois saiu do banheiro com uma cueca boxer e uma regata branca. Amber já estava debaixo das cobertas e deu dois tapinhas na cama ao seu lado convidando-o a se deitar.

— Vamos dormir mesmo, hein?!

— Só se você ficar fazendo carinho no meu cabelo.

— Eu passaria a noite fazendo isso, até depois de dormir.

E foi assim que pegaram no sono, ela acariciando o cabelo dele, um de frente para o outro, enquanto ele olhava os olhos dela se fechando, e quando as luzes âmbar se apagaram, ele pôde apagar também. Não se lembrava de se sentir tão em paz em muitos anos.

CAPÍTULO 14

Ao acordar, Amber estava sozinha na cama e se perguntou se Frank havia mesmo passado a noite ali, até ouvir vozes da cozinha. Eram Svetlana, Luci e Sara, em uma espécie de interrogatório regado à café da manhã.

— Olha só, acordou a bela adormecida — disse tia Sara para Amber.

— Acordei no meu horário de sempre, meia hora depois de você, mas pelo jeito seu despertador acordou todo mundo na casa, né.

— Justamente, não pode nos culpar pela curiosidade de ter um homem na nossa cozinha fazendo café antes de todo mundo, ele acordou antes do meu despertador, se você quer saber.

— Espero não ter feito nenhum barulho, só queria adiantar as coisas para que quando Amber acordasse estivesse tudo pronto — disse Frank um tanto quanto constrangido.

Todas sorriram, e Luci disse rindo:

— Se eu puder comer também, assunto encerrado.

— Já eu estou morta chegando da boate agora, meu café vai ficar para o almoço, boa noite... ou bom dia... e Amber... uau! — disse Svet fazendo um sinal de positivo e dando uma piscadinha de aprovação em relação a Frank.

Após essas considerações, constrangimentos e mais risadas, tomaram café juntos e cada um foi saindo para trabalhar no seu horário, primeiro foi Luci e logo em seguida, Frank, mas não sem antes se despedir de Amber com um longo beijo e dizer que daqui um minuto já estaria com saudades.

Sara disse que trabalharia home office hoje, ainda faltava meia hora para Amber sair, então resolveu compartilhar com a tia resumidamente seu final de semana nos Hamptons, contou quase tudo, da noite incrível que passaram e da maneira surpreendente que Frank a tratava, que foram jantar na casa de Michael, e Frank a apresentou como sua namorada, as duas deram gritinhos de vitória. Sara estava feliz em ver Amber feliz, e era visível que ela estava realmente apaixonada por Frank.

— O Frank é conhecido como o problemático da família desde o acidente com Will, você já deve saber, o Sr. Hans van der Berg meio que descartou ele das decisões principais da empresa — disse Sara.

— Mas pelo que entendi do ocorrido, ele não teve culpa, apesar de todos o culparem, inclusive ele mesmo. Mas ele é muito inteligente e dedicado àquela empresa, nos últimos meses ele vem analisando como trazer novos negócios, fazer algo para orgulhar o pai e voltar a ser cogitado a participar das reuniões do conselho.

E Amber contou a ideia de Frank, sobre as cafeterias livrarias, criar uma rede VDB delas, e alavancar as editoras de nicho, e a própria editora VDB. Disse que Frank já havia feito os cálculos, e o lucro seria certo, e que com esse lucro investiria em outra área, das ciências, e talvez até criar uma instituição de caridade em nome do Will, para pesquisas de como reverter a condição dele. E a instituição abarcaria todos os estudos mais recentes que vêm sendo realizados para ajudar pessoas como o Will.

Sara ouvia atenta, pensando que talvez os dias de playboy de Frank tivessem terminado e houvesse mesmo uma chance de ele tomar um rumo melhor.

— Ele está tão empolgado em ajudar o irmão e recuperar a confiança do pai, eu fico tão feliz pelo empenho dele que não vejo a hora disso tudo dar certo. Filantropia e negócios juntos, ideias que em uma grande empresa como a VDB devem andar juntas, certo? Eu acho que ele vai conseguir os investidores — disse Amber na torcida.

— Eu tenho que concordar, acho que é uma proposta que vai agradar o Sr. Hans — disse Sara com um olhar de quem estava analisando toda a situação.

— E eu vou falar com meus pais sobre o que eles têm de conhecimento e novidades, afinal, é a área deles. Já pensou que milagre, Sara, ele recuperar a saúde do irmão, a boa relação com o pai.

Amber olhou as horas e percebeu que estava atrasada, despediu-se de Sara e foi para o trabalho. Quando chegou, encontrou sobre sua mesa não só novas pilhas de textos a serem revisados, mas havia também uma caixinha com uma pulseira linda e delicada, com esferas achatadas de âmbar, e entre cada esfera de âmbar, um círculo lapidado de uma pedra azul cristalina preciosa. Imaginou que pudesse ser águas marinhas, todas entrelaçadas em uma corrente que mais parecia algo que uma fada usaria, de tão delicada e lúdica. No cartão dizia:

Eternizado em âmbar

"Amber, quero estar com você a todo instante, e você já está comigo aqui, mais tarde verá. Frank"

Imediatamente ela colocou a pulseira, viu os olhos dele nas pedras azuis, os dela no âmbar, e estavam juntos ali no pulso dela, pensou contente.

Já estava encerrando o expediente para ir correndo à faculdade quando Frank mandou uma mensagem;

`"Adoraria te levar na faculdade, mas estou trabalhando aquelas ideias com um possível investidor, nos falamos mais tarde. Saudade."`

`"Também já estou com saudade, mas como sinto você me olhando através da pulseira, toda vez que olho meu presente lembro de você, muito espertinho da sua parte."`

Ao chegar na faculdade às pressas, um aviso na porta da sala, o professor de literatura inglesa ficou doente no final de semana e não daria aulas hoje, mas iria repor no restante da semana para que nenhum aluno ficasse prejudicado, e recomendou uma leitura de Jane Austen nesse meio tempo.

Amber foi para casa, e pela hora jurava que não teria ninguém, Svet já teria voltado ao trabalho de promoter, Luci provavelmente ficaria na biblioteca até fechar, e tia Sara nunca chegava antes das 21 horas.

Mas ouviu uns barulhos vindos justo do quarto de Sara, então Amber se lembrou que Sara estava de home office o dia todo. A porta estava entreaberta, e ela foi dar um oi, avisar que chegou em casa, mas quando Amber olhou em direção ao quarto, viu ninguém menos que o casado Michael van der Berg e sua tia seminus, na cama aos beijos e ela desviou o olhar, retirando-se do corredor sem fazer barulho e sem a menor ideia de como lidar com a situação.

Caroline Greco Regly

Parece que todos sabiam que o casamento de Michael e Susan não ia bem, mas Sara, logo tia Sara como amante, eram outros 500. Deveria confrontá-la? Contar a Frank? Isso sequer era da conta dela? Muitas perguntas sem respostas pairavam na cabeça de Amber naquele momento.

Foi para o seu quarto em silêncio, pensando que quando Michael fosse embora ela poderia conversar com Sara.

Passou quase uma hora quando ela ouviu a voz clara de Michael se despedindo de Sara e dizendo:

— Vou resolver isso, vamos ficar juntos, custe o que custar.

— Oh, Mike, eu te amo tanto, não vejo a hora de não precisar esconder mais isso.

— Eu também te amo, e logo seremos uma realidade, eu vou conseguir esse divórcio com meu pai, vou convencê-lo.

Quando Amber teve certeza de que ele já havia fechado a porta da frente e ido embora, ela saiu do seu quarto e deu de cara com Sara de roupão. Nenhuma das duas disse nada, mas os olhares disseram tudo, os olhos de Amber confessavam o que ela havia testemunhado, e os de Sara, começando a lacrimejar, confirmavam que ela sabia que havia sido descoberta.

A atitude de Amber foi abraçar Sara sem dizer nada, enquanto ela chorava, talvez de vergonha ou de susto, porque não esperava ter ninguém em casa naquele horário, mas principalmente por ver certa decepção nos olhos da sobrinha.

Uns minutos depois, Amber perguntou se Sara queria uma água e foi buscar.

— Sara, eu não sou dona da razão, nem da patrulha da moral e bons costumes, você é adulta, claro que sabe que ele é casado, e só espero que você não se machuque no meio disso, e claro que se precisar eu estarei aqui, para ouvir, sem julgar.

— Ele vai se divorciar. — Foi a única coisa que Sara conseguiu dizer, ainda muito emotiva.

— Eu espero que você não se machuque, Sara, nunca se esqueça de pensar em você nesse processo, promete?

— Prometo.

Eternizado em âmbar

— E eu mal conheço a Susan, na verdade acho que ela nem foi com a minha cara, mas mesmo assim, nenhuma mulher merece ser traída desse jeito, pensa nisso.

E não havia muito mais o que ser dito naquele momento. Obviamente Sara precisava pensar em como contar a Michael que Amber sabia, mas que provavelmente não falaria nada para Frank.

Depois da conversa, Amber foi para o seu quarto enviar uma mensagem para Frank, quando abriu o celular já havia uma foto enviada por ele, era sua mão com um anel no dedo anelar, com uma pedra âmbar circular que era quase idêntica à cor dos olhos dela, e a mensagem dizia:

"Falei que ia te mostrar mais tarde que você também estaria comigo o tempo todo, o meu amor eternizado em âmbar nesse anel e no meu coração."

"Eu nem sei o que dizer, você está se mostrando um romântico e tanto. Juro que queria dizer pessoalmente, mas um professor faltou hoje, vai querer repor aulas e trabalhos durante a semana."

"Já que estará ocupada com os estudos, vem me ver no RH, ou eu vou ter que fazer uma demonstração pública de afeto na frente do Sr. Grant."

E assim transcorreram as semanas, entre escapadinhas para almoçar a dois no restaurante de Steve, muitas idas à sala do RH, onde o clima esquentava, mas até agora nada de ir às vias de fato, Amber tinha um misto de vergonha e medo de alguém entrar. Frank dizia que ela não precisava ter medo de nada ao lado dele, que um dia ela ia se libertar sexualmente para tudo, incluindo os lugares.

Estavam fazendo um mês de namoro e resolveram retornar ao restaurante onde se conheceram em 2017. Foi nostálgico e mágico.

— Não acredito que você tinha 15 anos e já estava no meu destino assim.

— Não acredito que aquele vestido ainda cabe em mim.

E os dois riram, se beijaram, se olharam, e qualquer pessoa que passasse por eles poderia sentir a felicidade irradiando do casal.

Na semana seguinte, na sexta, chegando em casa mais tarde do que o previsto depois de uma demorada aula na faculdade, Frank enviou uma mensagem;

"Quero te roubar esse final de semana, posso? Vem dormir no meu apartamento, podíamos ir à casa dos meus pais, para você conhecer o Will."

"É claro que eu quero conhecer o Will, e seu apartamento, onde guarda os esqueletos na parede. Mas, não acha que é cedo para conhecer seus pais?"

"Chego aí em 10 minutos e te respondo."

"15 minutos então, serei rápida."

E Amber arrumou uma bolsa rapidamente, com um vestido para usar no dia seguinte e uma camisola para dormir com ele, "não só dormir", pensou. Percebeu que havia outra mensagem no celular, recebida antes da mensagem do Frank, era de Matt:

"Olá, Amber, minha aula foi reagendada, você por acaso ainda está na faculdade? O que acha de sairmos para beber alguma coisa?"

"Oi, Matt, desculpe não ter respondido antes, só vi sua mensagem agora. Vim da faculdade para casa, mas em retrospectiva, seria muito melhor aquela bebida com você. Fica para próxima."

Amber respondeu pensando que preferia mil vezes a companhia do divertido Matt a todo o trabalho extra que passaram na faculdade. Mas que talvez devesse incluir o namorado nesse happy hour que disse ficar para a próxima, pensou.

CAPÍTULO 15

O apartamento de Frank era diferente do que ela havia imaginado. Muitos livros espalhados em estantes em quase todos os cômodos, muita claridade, mesmo sendo noite, os lustres mais lindos que ela já tinha visto, percebeu que ele tinha mesmo um lado delicado que não mostrava para ninguém, mas que a cada dia mais mostrava a ela.

— Como no carro eu fiz suspense para responder, vou falar agora: para mim não é cedo você conhecer meus pais, o Will, os meus poucos amigos de verdade, porque eu amo você. Acho que o destino, há quase sete anos, já estava providenciando nosso reencontro, e agora eu quero fazer uma pergunta. É cedo demais para eu dizer que quero que você venha morar aqui comigo?

Essa pergunta pegou Amber de surpresa, já que ainda estava emocionada com o "eu amo você" vindo dele. Então naquele momento só conseguiu responder:

— Eu também amo você, e acho que estamos ficando loucos, porque parece que é cedo, se formos racionalizar, mas eu quero te ver de manhã e à noite, eu quero dormir todo dia com você. Então se for cedo, não tem importância. Você querer que eu venha morar aqui deixa meu coração disparado, e eu não consigo ser racional com você agora, tudo o que eu quero é que você me leve para o seu quarto e faça comigo o que quiser, e pela manhã eu te respondo.

— Quer que eu te convença com sexo, mocinha?

— Quero ganhar tempo para pensar, e se esse tempo passar enquanto estamos nus, acho que não tem problema algum.

Os dois debochados riram, mas a excitação entre eles era tão grande que ele agarrou Amber e a carregou para o seu quarto, jogando-a na cama com menos gentileza que antes. Hoje os dois pareciam estar com sede, fome, ansiando um pelo outro.

— Posso te perguntar uma coisa? Você teria vergonha de ficar nua para mim, para eu te admirar e guardar todo os seus detalhes, suas formas, literalmente nos despirmos de qualquer coisa?

— Seria recíproco? Eu confesso que costumo ter uma certa vergonha, mas nos seus braços eu me sinto em casa. Mas você quer me ver e eu não posso nem te tocar?

— Claro que seria recíproco, e é só por um instante.

Ela ficou parada onde estava e ele colocou a música *I put a spell on you*, de Annie Lennox, para tocar, porque era assim que ele se sentia, que ela havia colocado um feitiço nele, e que agora ele pertencia a ela.

Amber se encheu de coragem, confiança e tirou as sandálias, ele viu a deixa e tirou os sapatos. Logo em seguida, ela tirou o vestido creme que estava usando, que contrastava com sua pele bronzeada do sol, por baixo uma lingerie lilás, romântica. Ele deu um passo para a frente, excitado com o que via.

Ela fez sinal que não para ele.

— Não foi o combinado, fique bem onde está. Agora é sua vez.

Ele recuou e tirou a blusa e a calça, ficando com uma cueca branca de barra azul marinho de marca.

— Vire-se — disse Amber do nada, e ele se virou sem questionar.

— Anos atrás eu vi um vislumbre dessa tatuagem de fênix. O que ela significa para você?

— É um desejo que tenho, renascer das cinzas, tantas vezes quantas forem necessárias, não importando o quanto ruim fique... que vire cinzas, mas volte à vida em chamas — explicou ele ainda de costas e se virou novamente. — Sua vez agora, Dona Amber.

Amber desabotoou o sutiã, tirou-o e largou no chão ao seu lado. Já estava ofegante e com a coragem reduzindo pela próxima peça que teria que tirar.

— Que tal uma vantagem? Eu tiro minha cueca de costas e você, sua calcinha, e quando você estiver pronta para que eu me vire, você me avisa.

— Então vire-se logo — falou Amber com um sorriso sacana no canto dos lábios.

Cumprindo o proposto, Frank tirou a cueca e estava completamente nu. Ela já o havia visto nu, mas não assim. A disposição dela, para olhar onde quisesse sem ele ver, com certeza ela estava corada, não precisava de um espelho para saber. Ficou observando o quanto ele era fisicamente de

Eternizado em âmbar

tirar o fôlego, mas que tinha um coração que completava tudo, nossa, ele era perfeito, e agora era ela que começava a se achar insuficiente para ele. Foi quando ela tirou a calcinha rendada, diminuiu um pouco a luz e falou que ele poderia se virar.

Quando Frank se virou, Amber não estava com uma postura tímida, não cobria nada com as mãos, estava completamente exposta, frágil, contado apenas com uma luz mais escura, que não escondia nem 10% de sua beleza.

Por um ou dois minutos eles se olharam, Frank de boca aberta e Amber mordendo os lábios, como quem está de frente para algo muito suculento e lindo e não sabe nem o que fazer. Foi quando Frank quebrou o silêncio:

— Você existe mesmo, Amber? Porque olhando daqui eu vejo uma figura escultural, uma pintura com os cabelos de moldura, e eu tenho até medo de que você vá evaporar caso eu dê um passo à frente.

— Eu existo. E se você também existe deve saber que eu amo tudo em você, que só evaporaria se fosse louca, que quero que você dê quantos passos forem necessários até mim, porque meu corpo, minha alma, meu coração estão ansiando por você.

E Frank foi na direção de Amber e a abraçou apertado, cheirando seus longos cabelos, enquanto ela o abraçava e se aconchegava no seu peitoral.

— Você é minha, e eu sou seu.

— Então me possua e me ame, aqui e para sempre.

E foi exatamente o que eles fizeram, devagar, reconhecendo cada parte do corpo do outro, as curvas, os contornos, a diferença entre a pele super branca dele e a pele levemente bronzeada de sol dela. Nada mais foi dito naquela noite, os corpos se comunicavam entre si, e eles sentiram uma sintonia que nunca experimentaram antes, fizeram amor, sem pudores, sem limites, corpo e coração eram um só.

Pela manhã, após o café, Frank ainda esperava uma resposta para sua pergunta, mas Amber fez outra no lugar.

— Frank, vamos mesmo para a casa dos seus pais hoje?

— Vamos, a não ser que você não queira. Eu quero que você conheça o Will, não sei se meus pais estarão lá, mas talvez eu deva te preparar para alguns traços da personalidade do poderoso papai Hans.

— Sim — disse Amber.

— Pois é, preciso fazer um resumo para você saber o que esperar dele.

— Eu disse sim, eu quero morar com você aqui. Eu quero enfrentar os seus problemas com você, quero te ajudar, estar lá nem que seja para segurar sua mão, já que não entendo muito de negócios. E não há poderoso papai Hans que vá me intimidar a me afastar de você.

Nesse momento, ele a abraçou apertado e disse no seu ouvido:

— Eu sabia que não estava enganado, você é realmente tudo que eu sonhei ter e achei que não fosse digno, acho que por isso nunca namorei, mas você faz tudo ser leve e me dá coragem para enfrentar o mundo, incluindo meu pai.

— Então vamos nos arrumar, porque estou ansiosa para conhecer sua mãe e Will. E me sentindo desafiada a conhecer seu pai.

Ao chegarem na casa, foram recebidos pela governanta, ainda que Frank tivesse as chaves, ao ouvir o carro, a governanta, Linda, foi direto para a porta principal.

— Meu Frank querido, que bom te ver, já faz umas semanas.

Falou a senhora, que deveria ter uns 60 anos, e abraçou Frank como uma mãe faria. Amber imaginou que ela deveria estar trabalhando naquela casa há muitos anos.

— Linda, essa é Amber, minha namorada.

E Amber foi logo abraçada com o mesmo afeto. Linda disse:

— Uma namorada? Ah, e tão linda! Frank, cuide bem dela, hein.

— Ele está cuidando, Linda, e eu vou cuidar muito bem dele, te prometo.

— Ah, eu amei você, Amber. Já tomou café? Vamos entrando. Você tem que provar um bolo que acabei de tirar do forno.

Frank ouvia e sorria, Linda era de fato uma segunda mãe, foi babá dele e dos seus irmãos e, depois de crescidos, ela virou governanta. Ficou feliz por ver que Amber foi aprovada por ela, e esperava que isso se repetisse com toda família.

— E sua neta, Linda, está por aqui?

— Ela foi passar o final de semana com o pai, mas volta na segunda.

Frank explicou que a neta de Linda sempre conviveu com eles, como uma prima, vinha de férias, aproveitavam a piscina, mas que há cerca de dois anos ela morava naquela casa com a avó, desde que a mãe, filha de Linda, morrera após enfrentar anos de câncer. Isso ressaltava o quanto Linda era forte e permanecia cuidando de todos ali, ela era considerada da família.

Após comerem o bolo de Linda, que de fato era dos deuses, ela informou que Hellen, mãe de Frank, ainda estava dormindo devido aos remédios que tomava, antidepressivos e ansiolíticos. Assim, eles foram direto para o quarto do William.

Chegando lá, havia uma enfermeira monitorando os sinais dele no aparelho ao qual estava ligado. Amber viu que ele respirava sozinho, mas que era alimentado por uma sonda nasal, parecia uma versão mais magra do Frank, tão lindo quanto o irmão, mas não podia avaliar os olhos, já que infelizmente estavam fechados há três anos.

Frank se aproximou do irmão, colocando a mão sobre a dele e dizendo em voz baixa:

— Essa é Amber, aquela que você falava que eu nunca encontraria porque namorar não era para mim, e sei que você, me ouvindo contar, deve estar duvidando, então seria um ótimo momento para você voltar e conferir que a Amber é bem real e de fato minha namorada, que acabou de aceitar ir morar comigo, você acredita? Volta, Will, por favor.

E o tom brincalhão do início virou um tom de súplica, enchendo os olhos de Frank de lágrimas que não escorriam. Ele passou a mão no cabelo do irmão e mais baixo ainda disse:

— Me perdoe.

Amber ia falar alguma coisa quando Sra. Hellen entrou no quarto, estranhando que o filho não estava só com a enfermeira.

— Frank, que surpresa boa, meu filho. Você some, sinto sua falta.

— Oi, mãe, vem cá me dar um abraço e conhecer sua nora.

Ao ouvir a palavra "nora", Hellen olhou para Amber com olhos arregalados de surpresa. E depois seu semblante pareceu se iluminar.

— Bom dia, Sra. Hellen, é um prazer conhecê-la.

— Namorada sua, Frank, é sério isso? — disse Hellen sem responder o cumprimento de Amber.

— Sim, mãe, tão importante que eu a trouxe para conhecer Will, você e Linda.

— Oh, meu Deus, então é sério! Me desculpe, minha querida, qual seu nome?

— É Amber. Não há por que se desculpar, já que o Frank me apresentou como nora e esqueceu meu nome — falou em tom leve, sorrindo, para amenizar o peso do momento.

— Amber, muito prazer em conhece-la. Minha surpresa é que Frank, se já teve alguma namorada, nunca nos apresentou. Você é tão linda, deixe-me ver — disse juntando-os lado a lado. — Vocês combinam muito, olha que lindos que ficam juntos. O meu Will me apresentou uma namorada uma vez também, mas depois de tudo, ela nunca mais apareceu, não era verdadeiro, penso eu.

Hellen olhava para Will nesse momento, com o olhar já perdido em tristeza novamente, o que partia o coração de Frank ainda mais.

— A senhora que é muito linda, e agora posso ver a quem Frank puxou, os olhos, o cabelo.

— Obrigada, querida, pena que os três puxaram parte do temperamento do pai.

— Mãe, o Hans está em casa?

— Ah, filho, ele foi resolver uns assuntos de trabalho com seu irmão. Michael disse que era urgente. Por que vocês não almoçam aqui, e eu conheço um pouco melhor essa minha bela nora? — falou Hellen, animando-se de novo, como era recorrente em suas mudanças de humor.

Eles aceitaram, e Linda ficou empolgadíssima em cozinhar para todos, que ficaram reunidos informalmente na cozinha, conversando, "como uma família normal", pensou Frank. Gostaria que fosse sempre assim, e se um milagre acrescentasse àquela mesa seu pai, Michael e Will, ele não poderia pedir mais nada na vida, pois já teria tudo.

De fato, eles saíram antes de Hans ou Michael chegarem, por isso Frank deixou uma mensagem por escrito no escritório de seu pai.

Eternizado em âmbar

"Pai, tenho novidades para dividir com você, coisas muito boas, e umas ideias que estou certo que vão te agradar. Adoraria te encontrar para falarmos mais sobre. Quanto à minha namorada, isso mesmo, namorada, minha mãe com certeza vai te falar dela antes de mim, eu a trouxe para conhecer o Will.

Eu quero uma trégua, pai, quero que voltemos a ser uma família, e minhas ideias também envolvem a saúde do Will. Nesse último ano tive tempo para refletir e garra para buscar todas as alternativas possíveis e impossíveis. Eu preciso do Will de volta tanto quanto vocês. Se não desistiu dele, por favor, não desista de mim.

Seu filho, Frank van der Berg."

Ao terminar o que acabou virando uma carta, Frank percebeu que tinha mais amor do que rancor, devido a como fora tratado nos últimos anos, pelo pai, e suas palavras ali eram sinceras, e aguardaria ansioso pela resposta, que não demorou a chegar.

Próximo das 22 horas, quando já havia deixado Amber no apartamento, afinal, precisaria de tempo para se mudar à casa dele, recebeu uma ligação de seu pai.

— Oi, pai, tudo bem?

— Sim, parece que hoje foi um dia de boas notícias, li sua carta, fico feliz por enfim encontrar alguém, parece que está amadurecendo.

— Espero que o senhor possa conhecer a Amber o quanto antes.

— Vamos nos encontrar amanhã, na minha sala, é domingo, mas assim teremos mais privacidade para conversar. Às 10 horas, está certo?

— Sim, pai, está ótimo.

— Até amanhã, Frank, boa noite.

Frank não esperava amabilidade do seu pai em ligações, mensagens ou pessoalmente há anos, mas a esperança que ele tinha nos seus planos era enorme e ofuscou a aparente frivolidade de seu pai.

"Amanhã será o grande dia", pensou Frank. "Vai ser o início da solução de tudo."

CAPÍTULO 16

Frank deixou Amber na cama dormindo quando foi para a empresa, chegou dez minutos antes do combinado, querendo mostrar a tal maturidade que o pai mencionou, mas Sr. Hans já estava lá, mais pontual que o pontual.

— E então, Frank, o que tem a me dizer de tão importante?

— Primeiro gostaria que você me escutasse com a mente aberta, independentemente do que pensa a meu respeito pai, ou de como toquei minha vida nos últimos anos, peço que realmente considere o negócio que vou lhe apresentar. — Ao dizer isso, Frank entregou uma pasta bem extensa com gráficos, pesquisas de mercado e explicações detalhadas de tudo que ele pretendia dizer. Apesar de ter uma ótima apresentação em *power point*, para essas coisas seu pai era das antigas e costumava falar que mais valia o escrito.

— Claro que vou te ouvir, Frank, diga o que pretende. Sou um homem de negócios acima de tudo.

— Vou tentar sintetizar tudo que está aí nas suas mãos. Sabemos que existem inúmeras cafeterias com livrarias, livrarias com cafeterias, principalmente aqui em NY, e pelo que pesquisei, todas são lucrativas, por isso permanecem abertas e franqueando. Eu pensei nos imóveis que temos, alguns fechados, outros disponíveis para locação, e como são nossos, não seria necessário investimento com isso. Eu listei os imóveis que considero viáveis, pela pesquisa que fiz de rentabilidade, para abrir esse novo nicho de negócios. É dinheiro entrando por si só, pois não teríamos que nos preocupar com aluguel, por exemplo, como acontece com a maioria dos cafés que já existem, principalmente aqui em Manhattan.

À medida que o filho falava, o pai foi endurecendo o semblante.

— No caso você está supondo que eu não tenho destino para esses imóveis que você listou aqui? — questionou o pai, apontando para um anexo na pasta.

— Eu verifiquei, pai, são imóveis em que estamos perdendo dinheiro de impostos sem arrecadar. Mas o principal é o destino dos lucros. Quero que seja um dinheiro com um propósito, usaríamos a maior parte dele para uma obra de caridade em nome de William, na verdade um instituto de tratamento e cura para o William, para financiar estudos que podem reverter o quadro dele. Já fiz diversas pesquisas sobre isso e esses estudos existem, mas é preciso investir na ciência mais avançada que existe e em profissionais com abordagens não tão convencionais como os que tratam do Will hoje, médicos e pesquisadores que estão se dedicando exclusivamente a isso. Estou muito otimista que podemos ter o nosso Will de volta — resumiu com um sorriso no rosto.

— Veja, Frank, eu não te interrompi quando você começou a falar porque queria ver até onde você iria. E quando eu achei que você não poderia me surpreender mais, vem você e faz exatamente isso. Me diga uma coisa: você odeia todos os seus irmãos?

Sem entender a pergunta e o tom usado por seu pai, Frank respondeu que amava seus irmãos.

— A mim não parece. Como se já não bastasse sua parcela de culpa em deixar um irmão, que estava sob sua responsabilidade, em coma há mais de três anos, você agora quer ferrar com o Michael também?

— Como assim ferrar com o Michael? Ele não tem relação com nada disso, não estou entendendo aonde quer chegar.

— Ferrar com ele roubando seu planejamento sem um traço de vergonha nessa sua cara! Mas a culpa é minha que criei você, não só irresponsável, mas agora traiçoeiro feito uma cobra.

Já elevando a voz de indignação com as acusações tão pesadas, Frank disse:

— Roubando planejamento? O que você está querendo insinuar? Eu venho te trazer uma ideia de negócio lucrativo e a possibilidade de reverter o quadro do William, e é assim que você reage? Assim que você me trata?

— Houve um dia que achei que você fosse o mais inteligente de todos, sabia?! Que seria o CEO e assumiria completamente a empresa, enquanto seus irmãos iam se voltar para os próprios rabos. Ledo engano.

Falou Hans com calma e altivez, enquanto Frank franzia a testa perplexo com o andamento da conversa. Após tomar um gole de whisky, Hans continuou:

— Ontem não estava em casa durante sua visitinha, pois passei horas com o Michael me detalhando esse mesmo planejamento, mesmas ideias, tudo igual, que saiu da cabeça do Michael, e não da sua. E agora você de alguma forma descobriu, *hackeou* o sistema dele, vai saber, imprimiu as mes-

Eternizado em âmbar

mas coisas e está aqui falando que são suas ideias, provavelmente achando que Michael ia esperar até segunda-feira para me passar isso no trabalho e você se adiantou. Quanta decepção para uma vida só.

Ao ouvir as palavras de seu pai, Frank ficou atônito, parecia que tinha perdido até o equilíbrio e se sentou na cadeira próxima, quase se jogando nela, após receber um golpe forte no estômago, pois essa era a sensação.

— É assim que gente do seu tipo se sente quando é descoberto, deve ser desconcertante para você vir aqui empolgado em me enganar, achando que eu sou algum tipo de idiota, como são seus amigos de farra.

Frank tentou falar, argumentar, mas as palavras não saíam. No lugar delas, estava uma palpitação que começava no peito e sentia até a garganta, entalando na boca, por onde ele inspirava e expirava acelerado, enquanto seu pai continuava:

— Bem, empolgado estou eu em realizar o planejamento do Michael, confesso que não me sinto realmente otimista assim há anos. Além de bom negócio, seu irmão conseguiu pensar além dele, além da empresa e do dinheiro. Então, vejo que há esperança de ter Will de volta, e, para sua sorte, essa esperança ofusca o desdém que sinto por você.

Hans bebeu o último gole de whisky que havia em seu copo e se levantou dizendo:

— Acho que encerramos por aqui. Quando sair, apague a luz — concluiu com desprezo e saiu da sala.

A cabeça de Frank girava, buscando explicações para o inexplicável, tentando racionalizar o que parecia ser uma brincadeira de mau gosto.

Não havia chances de Michael ter a exata mesma ideia, então, para Frank parecia óbvio que seu irmão de alguma forma teve acesso ao seu planejamento e apresentou como se fosse ideia dele.

"Mas por que ele faria isso comigo? E como ele teria acesso a qualquer uma dessas informações?", Frank se questionava.

Todos os contatos, os investidores e até os cientistas assinaram contratos de confidencialidade, e ele não falou sobre isso com ninguém do trabalho, nem amigos, só com Amber. Só com Amber.

Frank saiu da sala de seu pai e foi para seu escritório no RH, olhando para todos os cantos de sua sala, verificando se havia algo de estranho ou fora do lugar, mas estava tudo como o de costume.

Pegou um copo e uma garrafa de whisky, que bebeu sem parar e em silêncio, como se alimentasse sua raiva com álcool. A cada copo, mais repulsa sentia, de si mesmo, de Michael, de seu pai, e de Amber, pois era a única resposta lógica, ela era a única que sabia, só poderia ter sido ela.

E começou a vasculhar sua sala, atrás de alguma câmera ou de documentos sumidos, procurando por algum vestígio de como Michael teve acesso a dados que ele demorou tanto para levantar. E gole após gole os pensamentos iam piorando: "ela me usou para ajudar o Michael, naquele casamento falido dele, ela deve ser a amante dele, como eu fui otário" e jogou a garrafa já vazia contra a parede, que se estilhaçou.

— Nem posso culpá-lo, posso? Amber conquistaria o homem que quisesse, e Michael não é um inútil como eu, faz sentido ela preferir ele. Ele a trouxe para trabalhar aqui — balbuciava Frank enquanto andava de um lado para o outro da sala olhando para o nada.

Ele precisava de mais álcool, ele queria apagar, sumir, só o licor que ainda havia no escritório não serviria.

Pegou seu carro sem pensar nas possíveis consequências por já estar tão bêbado. Ao sair do estacionamento do prédio, quase bateu em outro veículo, mas pisou fundo e seguiu em frente, conseguindo milagrosamente chegar a um hotel próximo, cujo bar já conhecia. Deixou as chaves com o *vallet*, largando o carro de qualquer maneira, e foi direto ao bar.

Enquanto bebia a terceira dose de whisky, pegou o celular decidido a mandar uma mensagem para Amber. Tentou escrever, mas não conseguia, mal enxergava as letras. Então gravou um áudio: "precisamos conversar agora".

Em casa, Amber recebeu o áudio e percebeu a voz completamente embriagada de Frank. Imaginando que tudo tinha dado errado na reunião com seu pai, resolveu ligar para ele.

— Frank, o que houve? Você está bêbado?

— Como você pôde, Amber? Ou melhor, como eu pude ser tão estúpido?

— Frank, eu não estou entendendo nada, você está falando arrastado, já deve ter bebido demais, onde você está? Eu te busco e vamos conversar.

— Foi você, só pode ter sido você.

— Eu o quê, Frank? Me fala logo onde você está, eu estou ficando angustiada.

— Você contou para o Michael sobre meu projeto! Ele conversou com meu pai ontem enquanto o babaca aqui estava com você. Vocês dois devem ter rido muito da minha cara sabendo que eu ia chegar com a mesma ideia no dia seguinte. Sabe o que eu sou agora? Além de um idiota, eu sou um ladrão, cobra traiçoeira da família, eu espero nunca mais ver essa sua cara nem a do Michael, que vocês sejam infelizes para sempre, assim como eu. — E desligou o telefone.

Frank falou tão rápido e áspero que Amber nem conseguiu interromper, sequer percebeu que ele havia desligado. Após chamar por ele algumas vezes, olhou para tela do celular e começou a chorar desesperadamente, soluçando e sentindo o ar faltar.

Sua tia Sara ouviu e foi até ela, abraçando-a, e perguntou o que estava acontecendo. Dois minutos de silêncio e então Amber conseguiu reunir as palavras novamente e disse:

— Ele contou para mim, eu contei para você, e você contou para o Michael?

A ficha das duas caiu ao mesmo tempo. Sóbria, Amber fez a conexão imediatamente, já Sara percebeu que precisaria dar muitas explicações, mas provavelmente nenhuma seria digna de perdão.

— Amber, calma, você precisa entender os meus motivos.

— Seus motivos? Não existe motivo para você me trair assim, porque com certeza você sabia que o homem casado com quem você está transando faria exatamente o que fez, trair o próprio irmão, e a troco de quê? Prestígio com o pai? E eu sou uma idiota, jamais deveria ter aberto a minha boca, mas de todas as pessoas do mundo você estava entre as principais em quem eu poderia confiar de olhos fechados. O Frank nunca vai me perdoar.

E as lágrimas voltaram a correr pela sua face. De raiva. De tristeza.

— Foi o único jeito que o Michael encontrou para conseguir sair daquele casamento, para ficarmos juntos.

— O que você está querendo dizer?

— O Sr. Hans não tirou o Frank da empresa depois de culpá-lo pelo coma do William só por conta das aparências, da família unida, para manter uma reputação de empresa sólida. O que você acha que ele disse para o Michael quando ele falou que queria se separar da Susan, que vem de uma das famílias que tem mais negócios com a VDB, porque havia se apaixonado por outra?

— Então ele traiu um irmão para chantagear um pai? Esse é o admirável homem da sua vida? Que me fez perder o homem da minha?

— Não foi uma chantagem, foi um jeito de trazer lucros, mesmo que a família da Susan retire seus investimentos. E a possibilidade de trazer o Will de volta com as pesquisas que o Frank iniciou, isso animaria o....

— Exatamente. O Frank iniciou! — interrompeu Amber praticamente aos gritos e continuou: — O Frank pensou em tudo, e o Michael teve a cara de pau de usar a ideia dele para barganhar com o pai? Destruindo ainda mais a vida do irmão? Que merda é essa?! O Frank disse que não quer mais ver a minha cara, e eu não quero mais ver a sua!

Amber se virou e foi para o quarto começar a arrumar as malas. Sara foi atrás, mas a porta já havia sido trancada, então ela ficou repetindo pedidos de desculpas com uma voz de choro do outro lado.

Tentou ligar para Frank algumas vezes, mas sem sucesso.

Jogando as roupas na mala de qualquer jeito, pesquisou no celular o hotel mais barato e decente que ela poderia pagar, e pensou que pagar com o dinheiro de um trabalho que Sara arrumou para ela parecia dinheiro sujo agora, tudo ali parecia sujo, ela precisava sair imediatamente e foi o que fez, pegou um táxi, levou o que conseguiu carregar e deixou um bilhete na geladeira: "quando Sara não estiver em casa, volto para buscar o restante das minhas coisas e acertar a conta da divisão do apartamento".

Chegando no hotel, simples, mas limpo e cômodo, ela ligou para Frank novamente. Queria explicar tudo que aconteceu, que ela não tinha nenhum envolvimento com o Michael, que ela não quis traí-lo, mas as chamadas eram derrubadas, até que ele desligou o celular.

Por sorte, o *vallet* não permitiu que Frank dirigisse naquele estado de embriaguez e pediu um Uber, que o deixou em sua casa. Ele entrou e sequer fechou a porta de entrada, com a mesma roupa que chegou, jogou-se na cama e apagou.

Eternizado em âmbar

No dia seguinte, Frank não apareceu para trabalhar e não religou o celular. Pensou que se levantasse da cama e a ressaca passasse, todo aquele pesadelo se concretizaria novamente.

Amber foi trabalhar de olhos inchados, sem nenhuma notícia de Frank, várias ligações perdidas de Sara e uma mensagem de Michael, a qual leu e depois bloqueou o número sem responder.

"Amber, por favor, tente entender minhas razões e as de Sara, nosso amor é tão grande quanto o seu por Frank, ainda podemos consertar isso."

Não valia a pena responder, ela pensou. Levantou-se e foi ao banheiro, um lugar para chorar sem ser vista, pensando em voz alta, disse:

— Como vou desviar de Sara e Michael trabalhando aqui? Como vou pagar minhas contas sem trabalhar aqui? Eu estou perdida, e perdi o que mais me importava. Eu preciso falar com Frank, ele vai ter que ouvir meu lado. A verdade, e não suas deduções.

CAPÍTULO 17

Amber saiu do trabalho, e como não tinha cabeça para faculdade, foi direto para casa de Frank, chamou por ele, que não respondeu, mas percebeu que a porta estava aberta, então ela entrou.

Frank estava tão acabado quanto ela, mal abria os olhos, mas quando a viu, arregalou e perguntou o que ela estava fazendo ali.

— Frank, seu celular está desligado, você não foi trabalhar, desligou o celular na minha cara, e claro que estava bêbado, eu estava preocupada com você.

Ele riu de escárnio dizendo:

— Tão preocupada comigo como Michael deve estar, meu querido irmão, minha querida namorada, e eu um completo idiota, sendo enganado pelos dois, sem perceber nada.

— Frank, você parece sóbrio agora, então você precisa me ouvir. Eu não tenho absolutamente nada com Michael, a minha tia Sara, eu peguei os dois transando no apartamento há um tempo.

— É sério que agora você vai querer empurrar a culpa para sua tia?

— Eu não estou empurrando a culpa para ela, ela é amante dele, não sei por quanto tempo, eu flagrei os dois juntos, não te disse nada porque achei que não era um assunto da minha conta.

— Então não é você dando para o meu irmão, é a sua tia. Você me vendeu para ajudar a sua tia a ajudar o meu irmão a me ferrar. Entendi. E você vai insistir que é inocente nisso tudo, que não sabia de nada?

— Não é nada disso, Frank. Sim, é verdade que eu comentei da sua ideia com ela, porque achei que podia confiar nela, foi logo após voltarmos dos Hamptons, eu estava tão feliz por você, por estar tão confiante, que queria mostrar para Sara que as preocupações que ela tinha a seu respeito não eram mais reais. Eu não fazia ideia que ela tinha um caso com Michael, muito menos que ia contar isso para ele e que ele seria tão baixo a ponto de roubar sua ideia para chantagear o pai de vocês e conseguir se divorciar de Susan.

Frank ouvia, mas não conseguia processar. Era muito alta em sua mente a voz que gritava que todos estavam mentindo, todos tinham traído ele, e que Amber era o golpe mais doloroso de todos, porque ela ali, na frente dele, ele a olhava e se odiava por ainda amar aquela mulher.

— Vá embora, Amber.

— Você não ouviu nada do que eu disse? Eu errei em contar uma coisa sua para alguém em quem eu achei que pudesse confiar plenamente, me perdoe por isso. Mas eu não tive nenhuma relação com o que a Sara e o Michael fizeram. Eu estou com tanta raiva dela e dele quanto você, eu saí do apartamento ontem, estou em um hotel, você não consegue perceber que eu não participei dessa traição que fizeram com você?

— Se você errou em contar algo que confiei somente a você, em que mais você pode ter errado ou vir a errar? Eu não tenho interesse em descobrir, Amber. Você confiou na sua tia para falar algo muito importante que te contei, mas não confiou em mim para falar que meu irmão estava tendo um caso com a sua tia.

— Eu achei que não cabia a mim te contar, e sim, seu irmão é quem deveria ser honesto com você.

— Mas você achou que lhe cabia contar a Sara sobre um assunto meu? Quer saber, nem precisa responder que eu já sei a resposta, ela é sua tia, e eu devo ter sido uma aventura interessante para você. E eu ainda amo você, sabe?! Isso mostra o quanto estúpido eu posso ser, mas isso vai mudar, depois de muitas porradas eu tenho que ter aprendido alguma coisa.

— Eu também te amo, Frank, você jamais pense que foi uma aventura para mim, eu não quero terminar algo que mal começamos. Eu posso falar com seu pai que a amante do Michael é a Sara, que você teve a ideia, contar toda a verdade, eu quero te ajudar.

— E eu quero que você vá embora.

Invocando toda sua coragem, aproximou-se de Frank sem falar. Com os rostos muito próximos, Frank não se moveu um centímetro, e Amber o beijou. Frank ainda com raiva e sem acreditar no que ela havia dito, mas não se conteve e se deixou levar por aqueles beijos doces, carinhosos, que instigavam algo mais. Ela fazia carinho no cabelo dele e sussurrava pedindo que ele acreditasse nela.

Eternizado em âmbar

Foi quando Frank, assumindo um semblante gélido, segurou Amber pelos punhos e deu um passo para trás, soltando-a. Viu que Amber continuava com lágrimas nos olhos e disse pela última vez:

— Eu falei para você ir embora, Amber.

Ela ficou parada durante um tempo olhando para ele, que parecia uma pessoa completamente diferente do Frank que ela conhecia e amava. Ele estava com a cara fechada, os olhos vazios, Amber chegou a pensar que ele havia evaporado por dentro e só ficou o corpo de pé, sem a alma.

— Espero que as suas deduções não te tragam arrependimentos, Frank. E esse beijo, eu gostaria de lembrar como foi o último beijo do nosso amor, que terminou em desconfiança. Talvez não fosse amor de verdade, talvez eu tenha sido mais uma na sua lista. Eu vou embora conforme você pediu, repetidamente. Adeus, Sr. van der Berg.

Ao vê-la indo em direção à porta, Frank estava anestesiado em seus pensamentos, surpreso pelo beijo, que não sabia se era honesto ou um jogo, queria falar mais alguma coisa, porém não sabia o que, ele estava se sentindo vazio por dentro e acabou vendo-a sair, os dois em silêncio.

Com lágrimas nos olhos, sendo colocada para fora pela terceira vez, com todas as letras, "vá embora", Amber se virou e foi. Colocou os óculos escuros para que ninguém a visse chorando, mesmo que em silêncio, e pegou um Uber para o hotel. Continuou se segurando para não desabar, mas ao chegar no quarto, não havia nenhum impedimento, então se largou na cama, ficou olhando para o teto enquanto as lágrimas escorriam, e só conseguia pensar "acabou, não há como consertar, ele nunca vai acreditar em mim".

Amber decidiu que daria seu aviso prévio no dia seguinte e buscaria por outro emprego, tinha esperança de conseguir alguma coisa, mas sabia que não seria fácil, e se não houvesse outro jeito, desistiria da bolsa e voltaria ao Brasil. Eram mil pensamentos bombardeando sua cabeça ao mesmo tempo que a tristeza corrompia seu coração.

Ela sentia que não poderia ficar mais naquela empresa encarando Sara e Michael depois do que fizeram. E por mais que a visão de Frank fosse sempre um deleite, ela não aguentaria o ódio nos olhos dele todos os dias.

No momento que Amber saiu, Frank também chorou, pensando no quanto a amava, que todos que ele amava o traíram, e que se ela ficasse mais cinco minutos falando, ele seria estúpido mais uma vez e iria de encontro aos lábios dela novamente, pois era tudo que ele mais queria, acreditar no que ela estava dizendo. Mas naquele momento era impossível, ele precisava mudar, e a mudança começaria arrancando Amber de seu coração. Para Michael e o pai ele tinha outros planos, Sara não lhe interessava, traiu a Amber do mesmo jeito que ela o traiu.

Sem saber direito por onde começar, ele retirou o anel de âmbar do seu dedo e jogou no fundo de uma gaveta do banheiro, enquanto lavava o rosto para exterminar as lágrimas.

Ficou se encarando no espelho, odiava tudo que via, pois via tudo pelo que Amber falsamente se dizia apaixonada. Passou a mão nos cabelos e lembrou de quantas vezes ela fez carinho e falou que poderia passar a vida mexendo neles. Que o perfume dela ficava entranhado nos fios e por vezes ele deixou de lavar para não sair o cheiro dela. A lembrança daquelas mãos acariciando as mechas loiras, agarrando-se nelas durante o sexo, ele queria esquecer, e queria que ela soubesse disso.

Abriu a gaveta e pegou uma máquina de cortar cabelo, colocou o pente número um e começou a raspar toda a cabeça. Enquanto o cabelo ia caindo na pia, ele pensava: "se essa é uma das coisas que ela dizia mais amar em mim, vai ser por aqui que eu vou começar, tirando até a visão disso dela".

CAPÍTULO 18

Amber chegou no trabalho e primeiro conversou com Sr. Grant, que sempre foi um ótimo chefe para ela. Sem entrar em detalhes, disse que agradecia pela oportunidade, mas não poderia permanecer na empresa. Depois de muita conversa, ele tentando a convencer do contrário, deu-se por vencido e pediu para que ela comunicasse o aviso prévio no RH, mas que escreveria uma ótima carta de recomendação para ela continuar em algum lugar.

Enquanto estava no elevador, ela orava pedindo para ser mais um dia que Frank não ia ao trabalho e que pudesse tratar tudo com a Rachel.

Quando chegou, foi logo falando com Rachel do aviso prévio, dando a mesma explicação que havia dado ao Sr. Grant.

— Que pena, Amber. Eu não sou cega, sabe, eu sei que estava rolando algo sério entre vocês, ninguém vinha tanto no RH quanto você, eu sinto muito mesmo. Mas de qualquer forma, eu preciso passar isso para o Frank primeiro, ele está terrivelmente estranho hoje, e agora eu estou entendendo o motivo. Você pode aguardar aqui enquanto eu falo com ele?

"Droga!", pensou Amber, então ele estava ali do outro lado da porta, mas do jeito que a tratou ontem, ela imaginou que ele assinaria o aviso sem nem querer ver a cara dela, como ele mesmo disse.

— Amber, ele pediu para você entrar.

Surpresa, ela se dirigiu à sala dele para encontrá-lo no mesmo lugar da primeira vez, na poltrona, bebendo whisky. Quando ela o viu, ficou em choque, pois ele estava com a cabeça completamente raspada, e sem dúvida o cabelo podia mudar toda a fisionomia da pessoa, mas a dele já estava mudada por outros motivos.

Como se o relacionamento entre eles ainda fosse o mesmo, ela perguntou:

— O que houve com seu cabelo?

— Bom dia, Amber, vamos falar da sua demissão? Já tem outro emprego em vista?

— Não vai me responder?

Caroline Greco Regly

— Simplesmente me livrei de algo que me fazia lembrar de você, e se você gostava tanto do meu cabelo, fico satisfeito em não ter mais um fio na cabeça para receber seus carinhos falsos.

Ao ouvir essa resposta, ela entendeu perfeitamente a punição que estava recebendo. Ela amava a gentileza dele, que não havia mais, a reciprocidade do sentimento deles, que não havia mais, e lembrou do dia em que ele falou que o que mais gostava nela eram os olhos, e foi quando ela disse que o que mais gostava nele eram os cabelos loiros como os de um anjo, que ela queria passar o dia fazendo carinho neles, falsos carinhos, como ele agora achava.

— Sabe, Frank, pena eu não poder arrancar meus olhos. Estou dando meu aviso prévio, não preciso dizer se tenho outro trabalho em vista. — E se virou para sair da sala quando foi interrompida por Frank:

— Então não precisa cumprir seu aviso, vou conversar com a Rachel para ela acertar com você, amanhã você busca o seu cheque e não precisa vir mais.

Olhou para ele mais uma vez, aquela cabeça raspada, aqueles olhos azuis inchados, brilhando de raiva, também com olheiras. Toda linguagem corporal dele ela entendia como sendo de repulsa pela pessoa dela, e se limitou a concordar com a cabeça e deixou a sala, a passos lentos, como querendo gravar na memória, pois seriam seus últimos momentos ali.

Quando ela saiu, o corpo dele relaxou, sua postura anterior não era de repulsa por ela, era ele usando toda sua energia para permanecer parado no mesmo lugar e não ir de encontro a ela, para não brigar com ela até a raiva dele passar e eles se amarem de novo.

Quando ele chegou na empresa, passou pelo andar dela e a viu de longe na sala do Sr. Grant, não havia imaginado que ela pediria demissão. Mas agora era definitivo, ela estava indo embora da empresa, da vida dele. Afinal, foi o que ele pediu e repetiu, mas agora estava desesperado com a ideia. Pensou que ainda poderia sorrateiramente se torturar e observá-la de longe na faculdade. Mas sem outro emprego em vista, como ela continuaria estudando e pagando hotel, já que saiu do apartamento da tia?

Ele chamou Rachel e pediu para que fizesse um cheque de seis meses de pagamento e entregasse a Amber amanhã, era uma forma para ela se manter até encontrar outra coisa, pensou ele.

Eternizado em âmbar

Só que no dia seguinte, ao abrir o cheque, Amber devolveu imediatamente para Rachel e disse:

— Eu não quero mais nada dele. Só me dê o papel para assinar, por favor, Rachel, eu quero muito ir embora daqui sem me encontrar com ele de novo.

Rachel não sabia de tudo em detalhes, mas entendia das coisas.

— Ele não vai gostar quando eu devolver o cheque.

— Pois que ele odeie, não será o único.

Assim, Amber assinou sua rescisão e foi embora sem o cheque, sabia que fazia jus ao proporcional do salário que havia trabalhado naquele mês, mas ela não aceitaria um centavo a mais, então abriu mão do pouco a que teria direito, já pensado na conversa que teria com seus pais a respeito do dinheiro que precisaria por alguns dias até achar outro trabalho.

CAPÍTULO 19

Após alguns dias de recolhimento, choro e rosto inchado, Amber decidiu que a vida continuava e que não poderia levar atestados de resfriado para a faculdade para sempre. Sara continuava tentando contato com ela por telefone, sem resposta. Só Melissa sabia onde ela estava hospedada, logo, não havia como ser encontrada, mas sabia que uma hora ou outra ia precisar falar a verdade para seus pais, que com certeza Sara não havia dito nada, pois teria que explicar tudo. Tudo de mais baixo que ela já teve coragem de fazer.

Então pensou: "desempregada pode participar de happy hour?" e foi logo mandando mensagem de uma só vez para Mallory, Melissa, Matt, Román, Rebeca e Rachel:

> *"Galera, eu estou precisando daquele nosso tradicional happy hour, se animam? No Hunter's?"*

Rebeca, Román e Mallory foram os primeiros a confirmar, depois os outros e por fim, o Matt.

> *"Nossa, depois de tanto tempo é bom ter notícias suas. Claro que estarei lá, com uma condição, dessa vez você vai andar de moto."*

> *"Ok, temos um trato."*

E era isso, Amber decidiu que colocaria uma roupa sexy, fingiria a noite toda que não estava com o coração aos pedaços por conta do Frank e, quem sabe, entre o prêmio Oscar de melhor atriz e diversão entre amigos, a noite poderia ser boa, pior do que as anteriores seria impossível.

Chegou por volta das 20h30 e Matt já estava lá bebendo cerveja zero no bar. Amber o viu, olhou para a cerveja e riu, dizendo:

— Muito bem, mocinho, empenhado mesmo em fazer a medrosa aqui andar de moto, hein?!

— Você nem imagina o tamanho do meu empenho quando quero algo.

Tinha um flerte ali, mas Amber se sentia sobrecarregada para responder à altura. Quem sabe ela conseguisse uma gatinha para Matt hoje, ele merecia.

Logo chegaram os outros, parece que o lance casual entre Mallory e Román agora era sério, e eles chegaram comunicando que iam morar juntos, todos aplaudiram e mais uma rodada de cerveja foi servida.

Mallory puxou Melissa de canto e disse:

— Você está ciente que a Amber brigou com a tia e saiu do emprego? Román que me disse, ela está em um desses hotéis mais baratos. Você não acha que, se o Matt concordar, ela poderia ficar no meu quarto, agora que estou com Román, até ela arrumar outro emprego? E talvez ela nos explique melhor o que aconteceu, Román foi bem evasivo.

— Ela até comentou de hotel outro dia, mas achei que era coisa de alguns dias, uma briga boba com a tia e com Frank, mas se é sério assim para ela ter pedido demissão, duvido que o Matt vai se importar.

— Fala com ele primeiro e depois me conta tudo.

Amber estava no banheiro retocando a maquiagem e renovando a coragem para continuar sua noite. Assim que saiu, Matt e Melissa vieram falar com ela, já com um drink na mão.

— Cosmopolitan para nós duas, e cerveja zero para esse aqui — disse Melissa apontando para o Matt. — Direto ao assunto, Amber: quer ir morar com a gente? — perguntou.

— O quê? Como assim, gente?

E Melissa prosseguiu, sucinta:

— Sei que você está em um hotel, brigou com sua tia e saiu da VDB. Por que não fica com a gente, economiza com hotel e assim que arrumar outro emprego dividimos as contas? O quarto da Mallory já está vazio mesmo.

Incrédula com a oferta, Amber respondeu:

— Eu fico emocionada com a gentileza de vocês, muito obrigada, mas não sei como posso aceitar sem contribuir, se vocês fizerem as contas e eu puder contribuir, eu aceito, vou dar meu jeito.

— Então combinado, só falta a mudança — completou Matt.

— Na verdade eu nem tirei muitas coisas da minha tia, e nem quero voltar lá, como também não quero que ela saiba onde eu estou. Eu vou

Eternizado em âmbar

explicar para vocês o que houve, mas por agora eu preciso mesmo dos grandes amigos que vocês estão sendo, para lamber minhas feridas, sabe?

Mallory se aproximou, ouvindo o final do assunto, e disse:

— Sei que não nos conhecemos há muito tempo, mas pode contar com a gente, uma hora ou outra vamos encher seu saco também — disse em tom irônico, e Amber se sentiu acolhida por aqueles novos velhos estranhos conhecidos, que com certeza ela chamaria mais ainda de amigos daqui em diante.

— Então vamos dançar que eu acabei de chegar e ainda não é nem meia-noite e esse bar já morreu — falou alto Rebeca para todos ouvirem e se animarem, o que deu certo, pois todos curtiram a ideia de irem a uma boate duas quadras dali, um pouco mais cara, mas com certeza o entretenimento seria melhor, e os drinks também. Ao entrarem, compraram suas bebidas e foram para a pista, onde Amber e Matt começaram a dançar juntos, assim como Mallory e Román. Somente Rebeca e Melissa ficaram na mesa, conversando, gesticulando, até que Rebeca levantou e foi dançar sozinha.

— Demorou, mas parece que chegou a minha chance de dois para lá dois para cá com você — falou Matt ao pé do ouvido de Amber, que riu dizendo:

— "Dois para lá dois para cá", quantos anos você tem, Sr. Miller?

— Então vem aqui que eu vou te mostrar como nova-iorquinos dançam.

Matt puxou Amber pela cintura, sem muita maldade, mas a música que tocava, –*Disclosure You & Me*, do Flume Remix, era sugestiva demais para não se deixar envolver, principalmente por ser um som para se dançar mais lentamente, com poucos passos e mais mexeres de cabeça e olhares.

Amber pôde reparar pela primeira vez que os olhos de Matt eram os mais verdes da família, assertivos, não desviavam dos olhos dela, mesmo quando ela os fechava e jogava o cabelo de um lado para o outro no ritmo da dança. Ao abri-los, lá estava ele, segurando-a firme, encarando seus olhos e lábios.

Matt respirava fundo toda vez que ela fechava os olhos, como quem quer se segurar para não ir além, e não estava sendo nada fácil. Pensava que esse era o momento de ajudá-la, e não seria bom um envolvimento agora, por mais que ele quisesse, já que ela dividiria a casa com ele e a irmã. "As

Caroline Greco Regly

coisas vão acontecer quando têm que acontecer", pensou ele. Mas não se conteve ao sussurrar no ouvido dela:

— Eu vou esperar o seu tempo.

Sem precisar responder, ambos se entenderam no olhar e continuaram dançando. Era calmo, tranquilo, ela se sentiu em paz pela primeira vez nos últimos dias, que foram de completo caos.

Mas a paz vinha com contagem regressiva, e assim que ela abriu os olhos em direção à área vip da esquerda, ela viu o caos em forma de gente, com duas loiras esbeltas, modelos provavelmente, uma sentada no colo do Frank e a outra ao lado, um outro homem estava com eles, parecia o Steve do restaurante.

Sentado em uma poltrona, olhando diretamente para ela, com a cabeça mais raspada ainda, enquanto uma das mulheres enfiava a língua na orelha dele, Amber percebeu que ele fulminava Matt com os olhos, um olhar de ódio para o rapaz e um de decepção para ela, que teve vontade de vomitar.

— Matt, preciso ir ao banheiro, mas não devo demorar, quando eu voltar você tem que me dar uma carona de moto, hein. Acho que já estou bem cansada por hoje.

— Não esqueço de jeito nenhum. Vai lá, estarei esperando.

Nesse instante, Amber deu um beijo no rosto de Matt, mas beirando a boca, e seguiu ao banheiro alheia aos estragos que pudesse ter feito de um lado ou de outro. Pensava: "se Frank me odeia, não vai se importar".

No banheiro, desabou no choro ao mesmo tempo que agradeceu pela maquiagem à prova d'água. Pensava: "como ele poderia estar com duas ao mesmo tempo, totalmente recuperado e sem nenhum traço daquele Frank que eu conheci. Ele diz que fui uma falsa com ele, mas ele fez o mesmo comigo, o verdadeiro Frank da farra é esse que estou vendo, o que conheci era uma farsa, e eu caí igual uma trouxa".

Ao ver Amber se afastar, Frank se levantou e foi até onde Matt estava, como se fosse o dono da boate, talvez o dono de toda New York, arrogante como sabia ser. Sem se apresentar, catucou o ombro de Matt e disse:

— Mantenha-se longe dela, ela não pertence a ninguém, se disser que é sua, ela estará mentindo. Ou talvez, se ela vier a ser sua, eu posso não me conter, quebrar a sua cara e acabarmos os dois encrencados, você pior que eu, obviamente.

Eternizado em âmbar

— Ei, cara, quem você pensa que é para falar assim comigo...

E Frank, após dizer o que queria, foi em direção ao banheiro, não dando tempo nem de ouvir a reclamação de Matt.

Amber se olhou no espelho para ver se estava tudo ok com a maquiagem e saiu do banheiro. Antes tivesse ficado por lá, pois do lado de fora estava Frank com um olhar escuro que ela já havia visto antes, mas em controle de si dessa vez.

Ela saiu e outra garota entrou no banheiro, jogando-a mais ainda para cima de Frank, para não ocupar a passagem. Isso fez com que ela esbarrasse de leve nele e, saindo quase um fio de voz, ela disse "desculpe" e tratou de andar na direção contrária a ele.

Mesmo baixo ele ouviu o que ela disse, segurou-a pela mão levemente, aproximou-se do seu ouvido e respondeu:

— Queria ser evoluído o suficiente para desculpar, mas não sou.

— Que bom, sinal de que você estava certo quando disse que nunca foi digno de mim.

E simples assim, aquela última frase dela cortou fino como navalha na pele dele, que disse:

— Talvez o professor seja digno de ser seu mais novo brinquedo, boa sorte, ou azar no caso dele. Parece que já enjoou do meu irmão.

— Chega, Frank, vamos embora — disse o amigo de Frank, Steve, que Amber havia reconhecido como o chef do restaurante.

— Vamos, Steve, eu não tenho mais nada a fazer aqui.

E assim, Frank saiu da boate sem dar explicações para as mulheres que o acompanhavam, foi na direção do carro e ficou aguardando para ver se Amber também sairia, mesmo com os protestos de Steve para irem embora. Não demorou nem cinco minutos para ele ver a cartada final de Amber subindo na moto do tal professor.

O primeiro pensamento foi de segui-los, o segundo e o terceiro também, inconsequente como estava sendo, então foi atrás da moto até chegar ao hotel. Steve, que mesmo relutante acabou entrando no carro com ele, questionou:

— Onde você quer chegar com isso, Frank, vai virar um perseguidor agora?

— É sério isso? Esse imbecil levando a Amber para esse hotel barato? — falou mais para si do que em resposta a Steve.

— Você não deu um fora nela? Acho que ela pode ficar com quem bem quiser.

— Eu sei, Steve, dei um fora porque ela estava me traindo com meu irmão, armou aquilo tudo pelas minhas costas.

— Então me diz como ela terminou tão rápido com o seu irmão e já está com esse motoqueiro? Você tem que se decidir, cara, ela está com um, com outro, ou você foi tão idiota, como eu já disse antes, e nem deu crédito à versão dela?

Amber e Matt não demoraram muito para sair, cada um carregando uma mochila e uma bolsa. E Frank permaneceu na cola deles. Ao perceber que estava indo na mesma direção de sua casa, no Upper East Side, disse:

— Só o que me faltava ser vizinho desse merda.

E depois que entraram na garagem do prédio, Frank ficou ali na rua, sentindo-se um idiota por mais de uma hora, remoendo mágoas, ódios e amores, até decidir voltar para casa, beber meia garrafa de Vodka pensando que no dia seguinte ia parecer que a noite não aconteceu.

— E agora, Steve, ela indo de mala e tudo para a casa dele? Aquele deveria ser o hotel que ela falou que estava quando saiu às pressas da casa da tia porque não queria olhar nem para ela nem para Michael.

— Mais uma coisa que bate com a versão dela, né? E até que horas você pretende ficar aqui vigiando? Já me avisa que eu pego um Uber, a não ser que você queira conversar para eu tentar te ajudar com essa tua cabeça perturbada. Eu vi vocês juntos, e eu nunca te vi tão entregue a alguém, então me desculpe se eu acho que você julgou e abriu mão de tudo muito rápido.

— Honestamente, o fato de ela ter saído da empresa, da casa da tia, de não ter sido vista com o Michael, e agora esse outro aí... Eu começo a repensar que ela não tinha um caso com meu irmão, mas nada me tira da cabeça que ela entregou meus planos para a tia, disse que a pasta estava na empresa, e assim meu irmão me ferrou, vai dizer que ela fez isso sem querer?

— Não sei, talvez sim, talvez não, mas você alguma vez deu de verdade uma oportunidade para ela se explicar? Porque, pelo que te conheço, você ficou cego de raiva, ciúmes, encheu a cara e não quis saber de nada.

— Vamos embora antes que eu fique cego demais para dirigir.

CAPÍTULO 20

— Gostou da casa?

— Gostei de andar de moto! A casa claro que gostaria, mas tinha medo de moto, no entanto foi tão bom, mesmo quando estávamos carregando as bolsas, você foi devagar, obrigada.

Melissa já estava em casa quando eles chegaram e disse:

— Pensei que iam buscar as coisas só amanhã, mas que bom que veio logo.

— Trouxe só algumas roupas, o básico que estava comigo no hotel. Amanhã vejo o resto com a Luci, em um horário em que a Sara não esteja. Seu irmão insistiu, dizendo que aqui já tem cama, móveis, que não preciso me preocupar com nada, e honestamente não sei como agradecer pela hospitalidade.

— Amber, a casa é enorme, dá e sobra para o dobro de nós, e você é uma ótima companhia, a gente não quer correr o risco de você ter que ir para outro bairro ou voltar para o Brasil, queremos você aqui terminando seus estudos, afinal, lá na frente, quero poder dizer que sou amiga de uma escritora famosa.

Os três riram, e Matt completou dizendo que ia querer autógrafo com dedicatória especial, não aquelas genéricas.

— Vem que vou te ajudar lá no quarto — disse Melissa.

— Obrigada, Mel, você e seus irmãos têm sido mais que amigos.

— Que nada, Amber, relaxa, dorme, descansa que amanhã é dia de curar ressaca. — Saiu do quarto rindo e meio tropeçando de tanto Cosmopolitan que tomou.

Assim que se viu sozinha, Amber escreveu uma mensagem de texto para seus pais, resumindo o ocorrido, que não estava mais na tia Sara e que teve problemas no trabalho, mas que estava em uma casa ótima, com amigos maravilhosos, que eles não deveriam se preocupar e ela ligaria no dia seguinte para explicar tudo melhor.

Ao tentar dormir, não conseguia esquecer dos olhos de Frank, eram de raiva, raiva dele mesmo, dela, da situação que não sabiam como consertar.

E em contrapartida, amigos tão acolhedores como esses a emocionaram de verdade com a bondade, o carinho, e Matt a surpreendeu além disso, ele era muito bonito, sempre dizendo as coisas certas, nas horas certas, e a dança... Foi muito mais que uma dança, foi uma conexão, perigosa talvez, agora que eram amigos morando juntos.

Amber foi até a janela admirar a vista, o que a fazia pensar melhor, mas ao olhar para baixo, viu aquele carro de um azul inconfundível.

— Não acredito nesse filho da mãe me seguindo. Se me odeia e nunca mais quer me ver, porque me segue? Se me ama, porque não conseguimos sequer esclarecer tudo o que houve sem que ele me condene antes de me ouvir? Não dá para entender, mas que se dane, entendendo ou não, se ele é assim, ele realmente não me merece — resmungou o que não conseguiu deixar só nos pensamentos, foi para cama, deitou decidida a dormir, e não a ficar pensando se o carro ainda estaria ali pela manhã.

No dia seguinte, na mesa do café havia um bilhete com duas caligrafias diferentes e uma cópia das chaves.

Fomos trabalhar, sinta-se em casa e nos ligue se precisar de qualquer coisa.
Mel e Matt

Querida escritora, boa sorte na busca de seu novo caminho profissional, mesmo que seja provisório. Matthew Miller

A particularidade de haver dois recadinhos diferentes alegrou o dia de Amber, por ver o cuidado e a praticidade de Mel, mas também o carinho e a sutileza de Matt, em chamá-la de escritora, mesmo sabendo que não era esse o tipo de trabalho que ela conseguiria de imediato.

Depois de passar o dia procurando, encontrou algumas oportunidades freelance como tradutora que ajudaria a pagar suas despesas até conseguir algo melhor no meio editorial.

Como sempre, esqueceu de ligar para seus pais, e sua mãe ligou querendo saber o que tinha acontecido e por que sua irmã caçula não havia dito nada.

— Mãe, eu nem sei como resumir para você. Eu vou te falar o máximo que posso sem interferir nos segredos de outras pessoas. Eu briguei sim com

Eternizado em âmbar

a tia Sara, porque ela fez algo sem levar em consideração as consequências e como eu me sentiria, e isso refletiu no meu namoro, que, enfim, acabou da pior fora.

— Aquele tal de Frank que você disse ser o mesmo rapaz do restaurante, que viu no intercâmbio e é o dono da empresa?

— Um dos donos, mãe, o dono mesmo é o pai e o filho mais velho atualmente.

— Eu lembro que você havia pedido para seu pai e eu estudarmos as mais novas tecnologias na área cirúrgica e medicamentosa para ajudar o irmão, dele que está em coma devido ao traumatismo.

— Isso, mãe. Sabe, mesmo que as coisas tenham terminado mal, se você ou o pai descobrirem alguma coisa, como os gênios que vocês dois são, me fala que eu vou dar um jeito de encaminhar ao Frank.

— Na verdade nós já vimos bastante coisa, mas precisaríamos olhar o prontuário e o estado clínico atual do paciente. Quem sabe no Natal, quando formos aí?

— Mãezinha, nós não estamos mais juntos, por isso eu saí do trabalho, eu não quero olhar na cara deles, o que inclui sua irmã Sara. Mas vai que o pai dá um jeitinho de fazer contato com o neurocirurgião que operou o Will e acompanha ele, quem sabe vocês possam ajudar sem ele saber que veio de mim. Se bem que claro que ele vai saber que veio de mim, mas que ele ao menos ache que eu não estou participando de nada mais.

— É uma ideia, vou conversar com seu pai. Mas e essa casa que você está agora, é tipo uma república? Precisa que a gente mande dinheiro para pagar sua parte até achar outro emprego?

— Na verdade é a casa de amigos meus, são três irmãos, e uma das irmãs saiu para morar com o Román, lembra, o secretário do meu ex-chefe? Então, eles são ótimos, eu vou ver uns empregos amanhã, mas se eu precisar da ajuda de vocês, obrigada por poder contar com ela mãe. Manda um beijo para o pai, vou me arrumar para a faculdade.

— Mando sim, filha, fica com Deus.

Enquanto Amber estava no banho, escutou um barulho pela casa, acelerou o ritmo, arrumou-se e, ao sair do quarto, viu que era Matt na cozinha fazendo um lanche.

— E aí, mocinha, pronta para a faculdade?

— Ah, não acredito que você voltou em casa só para me buscar!

— Não, bobinha, eu sempre volto para lanchar, de moto é tudo rápido — mentiu ele, que sempre lanchava pela faculdade mesmo. — Quer café?

— Vou tomar só o café mesmo, e a hora que você quiser ir, estou pronta.

Na garagem, ao subir na moto e se agarrar a ele, notou com mais consciência os músculos que ele tinha. Ele era mesmo um homem grande, o grande lenhador professor de faculdade, ela sempre ia rir e se recriminar um pouco por criar esse estereótipo dele.

Porém, mesmo ali, abraçada em Matt, ela não conseguia esquecer como era abraçar Frank, sentir seu cheiro, sua temperatura, e com a mesma rapidez que esses pensamentos vieram, ela os expulsou, repetindo mentalmente que depois de tudo que aconteceu ele jamais a mereceria.

Ao chegarem, atraíram alguns olhares, tanto de professores quanto de alunos, ou melhor, alunas, enciumadas provavelmente.

— Estão acostumados a me ver chegando sozinho, mas não se preocupe que qualquer fofoca que eu ouvir já vou cortar.

— Ah, Matt, eu nem me importo com isso, aqui é uma universidade, cada um faz o que quiser, não?

— Deveria ser assim, em todos os lugares aliás, mas não é, é?

Amber só mexeu a cabeça em negação com um sorrisinho, discussão vencida.

— Te vejo na saída, Amber? A minha última aula acaba às 22h hoje, e a sua?

— Minha aula acaba às 21h30, mas eu te espero, se não for problema.

— Problema era carregar uma irmã para cada canto, você vem e vai para o mesmo lugar que eu, queria que uma das irmãs fosse assim.

Amber riu, pensando que talvez ele a via como uma irmã então. Já ele se arrependeu no momento em que disse, pois sabia perfeitamente o que deu erroneamente a entender.

Ao chegarem em casa, a primeira coisa que Matt disse foi:

— Eu não gostaria que você fosse minha irmã, só para deixar bem claro.

E logo em seguida, Melissa chegou contando novidades de seu dia, depois perguntando por novidades do dia deles, a conversa se estendeu até o primeiro bocejo.

Eternizado em âmbar

— Gente, amanhã o dia será longo, já vou dormir, tenho três entrevistas para cargo de tradutora e uma de revisora, igual fazia na VDB, então vou tirar meu sono da beleza e sair bem cedo, desejem-me sorte. A propósito, eu amei os bilhetes.

Na manhã seguinte, Amber acordou antes de todos e fez uma bela mesa de café, com um bilhetinho dizendo para que Mel e Matt tivessem um ótimo dia e mais uma vez agradecendo pela hospitalidade.

CAPÍTULO 21

Ao chegar na empresa, Frank foi direto na sala do Sr. Grant, algumas palavras de Steve ficaram na sua cabeça, fazendo a consciência pesar.

— Bom dia, Sr. Grant, podemos conversar?

— Bom dia, Sr. Frank, claro, sente-se, em que posso ajudá-lo?

— Vejo que ainda não tem uma substituta para a Srta. Amber.

— De fato, ela era muito eficiente, uma pena ter decidido sair, não será fácil substituí-la.

— Posso imaginar. Queria saber se o senhor escreveu boas cartas de referência para ela.

— Escrevi, deixei com ela para que apresentasse nas entrevistas que conseguisse, mas ninguém me ligou para confirmar nada até agora.

— Gostaria de te pedir um favor, Sr. Grant. Quero que envie uma carta de referência para a editora Harper, sendo bem específico sobre o quanto a VDB Editora ficaria grata com a contratação da Amber, que eles liguem e façam uma proposta a ela.

— Mas ela vai estranhar uma editora ligando para ela, sem que haja uma vaga aberta, um anúncio.

— Sr. Grant, confio profundamente na sua capacidade de resolver essa questão sem que ela saiba que partiu daqui, diga que quer fazer um favor a uma ex-funcionária, diga o que quiser, só não mencione meu nome, por favor. De acordo?

— Sim, Sr. Frank, farei isso hoje ainda, pessoalmente.

Saindo da sala de Grant, Frank foi até a mesa de Román.

— Bom dia, Román. Eu vou ser bem direto, eu sei que você, Rebeca e Amber construíram uma amizade no tempo dela aqui, bem como vocês devem saber do que aconteceu entre ela e eu. Você a viu com o meu irmão aqui embaixo alguma vez?

— Ahn, bom dia, Sr. Frank. Eu não gostaria de falar da vida pessoal de Amber sem ela presente, mas se tem uma coisa que eu posso afirmar, e todos os amigos que ela fez desde que chegou a NY também diriam, é que ela nunca ficou com ninguém além do senhor, que se não fosse meu chefe, honestamente eu nem me daria ao trabalho de responder, porque eu vi a Amber na pior e sei quem foi o responsável, então peço respeitosamente, Sr. Frank van der Berg, não me use para saber da vida pessoal dela. Se ela ainda quiser te ouvir, pergunte a ela.

— Admiro sua cumplicidade com ela, e audácia comigo, sorte sua que considero esses pontos como positivos dentro de uma empresa como esta. Tenha um bom dia.

Román não corria de problemas, mas ainda assim ficou surpreso com sua atitude protetora com Amber diante do chefe do RH, diante de um VDB, e pensou que se ele estava perguntando, é porque tinha dúvidas, se tinha dúvidas, ainda se importava, mas não tinha certeza se deveria falar sobre essa conversinha com a Amber ou não. Teria que refletir.

No fim do dia, Amber estava exausta das entrevistas e não havia conseguido nada. Salários baixos demais, para render até o fim do mês ela precisaria aceitar dois ou três ao mesmo tempo, e a vaga da editora não foi adiante porque disseram que mesmo com a carta de referência ela não havia ficado muito tempo na Editora VDB para adquirir a experiência que eles precisariam para o cargo.

Quando estava no Uber indo para a casa dos Miller, recebeu uma ligação de um número desconhecido:

— Por favor, poderia falar com a Srta. Amber Benson?

— É ela que está falando, do que se trata?

— Me chamo Daniel, sou secretário do editor-chefe da Editora Harper. Seu nome chegou até nós como uma referência do Sr. Grant, gostaria de saber se teria interesse em uma vaga aqui na editora.

— Sr. Grant, meu ex-chefe na Editora VDB, que gentil da parte dele. Podemos marcar um encontro na sua empresa para discutir a vaga?

— A senhorita teria disponibilidade amanhã às 10 horas?

— Sim.

— Agendado então, a senhorita pode anotar o endereço e o andar?

Quando terminou a ligação, já estava na porta do prédio, entrou e ficou parada uns instantes sem acreditar. Seria coisa de Sara ou Michael tentando se redimir? Pois achava muito estranho Sr. Grant se dar ao trabalho de procurar uma editora específica, fornecer o celular dela para um contato direto como aquele.

Uma coisa era certa, se a reunião de amanhã fosse positiva, ela aceitaria a vaga e deixaria para descobrir depois como isso aconteceu.

Após recusar muitas tentativas de contato do irmão, Frank agora estava decidido a confrontar Michael. Chegou na casa dele e bateu com vontade na porta, como se quisesse arrombar o lugar, e gritou pelo nome do irmão, que não demorou a aparecer.

— Frank? Não esperava te ver tão cedo... Nem tão tarde, são quase 22 horas.

— É sério que você está preocupado com o horário? Depois de tudo que você fez? Eu nem deveria estar aqui, você deveria ter ido rastejando falar comigo assim que resolveu me ferrar daquele jeito, mas imagino que se você não tem caráter para uma coisa, por que teria para outra?!

— Frank, você sabe muito bem que eu tentei falar com você. Vamos entrar, conversar na biblioteca?

— Por quê? Com medo de acordar a Susan?

— Não, Frank, a Susan foi embora semana passada, quem já foi deitar é a Sara. Deixa eu te explicar a situação.

— Então você terminou mesmo com a Susan, e está com a Sara aí dentro? É praticamente inacreditável sua cara de pau. Valeu a pena pegar informações com a Amber, roubar a pasta, roubar minha ideia?

— Eu fiz tudo isso, menos a Amber, ela só falou sobre seu plano por estar empolgada por você, e a Sara me contou, vimos uma oportunidade e agimos. Eu sei, sou o pior irmão do mundo, mas foi o jeito que encontrei de me livrar da Susan.

— Você nunca teve nada com a Amber mesmo, né? — disse Frank como quem constata um fato bom e ruim ao mesmo tempo. — Sara era sua amante esse tempo todo. E você é o irmão mais filho da puta do mundo. Eu estou me segurando para não enfiar a mão na sua cara, mas nem vale a pena.

Michael tentou continuar a conversa, mas Frank já estava de costas para ele, entrando no carro, arrancou e parou no primeiro posto de combustível que viu e ficou ali, pensativo, respirando profundamente, caindo em si com o fato de que Amber nunca o traiu e relembrando tudo que foi capaz de dizer a ela.

Ele começou a ficar tonto, coração acelerando, a visão foi ficando turva e resolveu ligar para Steve, pensou que provavelmente estava infartando e não chegaria de carro sozinho no hospital.

Steve chegou o mais rápido que pôde, e Frank estava mais branco que papel, com uma mão no peito, falando que estava sentindo o coração bater muito forte e estava com muita falta de ar. Foram para a emergência do hospital e lá relatou os sintomas, fez um eletro e ecocardiograma, junto com uma bateria de exames de sangue.

— Sr. Frank, eu sou a médica-chefe da emergência, avaliei todo seu quadro clínico, e seus exames estão ótimos. Inseri uma medicação no seu soro e você se acalmou, era um ansiolítico, então creio que o senhor teve uma crise de ansiedade. Vou deixar esta prescrição para tomar como S.O.S. caso esses sintomas surjam novamente e um encaminhamento para psicologia e psiquiatria. O senhor nunca teve isso antes?

— Tive uma vez, três anos atrás, em uma situação de muito estresse.

— Então, com o tratamento, a terapia, você deve conseguir evitar esses gatilhos que desencadeiam a crise de ansiedade, mas como sou da emergência, recomendo que busque um profissional da área, no mais, já está liberado.

Já a caminho de casa, com Steve no volante, Frank começou a chorar de raiva e lamento, dizendo:

— O que foi que eu fiz, cara? Eu estraguei tudo! Meu irmão é um merda, mas eu descontei tudo na Amber, e ela não tem culpa de nada, ela não fez nada intencionalmente, eu não tive a intenção de que a festa do Will acabasse com ele em coma, eu não queria, e todo mundo me culpou, e eu fiz a mesma coisa com ela, eu nunca a mereci, eu sou um estúpido mesmo.

Eternizado em âmbar

Steve mal soube o que dizer, além de pedir que Frank se acalmasse, mas ele estava vermelho e chorando copiosamente enquanto se autocriticava a todo momento, lamentando principalmente pela maneira como tratou Amber.

Ao chegarem no apartamento de Frank, Steve pediu para que ele fosse se deitar, deu o remédio prescrito na emergência e falou que dormiria no quarto de hóspedes.

— Frank, amanhã será outro dia, enquanto há vida, há esperança, não é assim com o Will? Se houver amor, será assim com a Amber. Vai descansar, amanhã a gente pensa juntos, ok?

— Ok. Valeu, meu amigo, por tudo.

CAPÍTULO 22

Amber chegou em casa pulando de alegria, tinha uma entrevista marcada em uma das mais importantes editoras de NY, talvez não tanto quanto o grupo VDB, mas era o melhor que poderia acontecer agora. Ela nem foi para a faculdade, então, quando chegou, só Melissa estava em casa e comemoraram juntas.

Melissa foi deitar, e Amber resolveu que esperaria Matt chegar do trabalho para contar a novidade.

Já passavam das 22 horas quando Matt abriu a porta em silêncio e encontrou Amber deitada cochilando no sofá. Ele trazia consigo um buquê de rosas brancas, pois ele tinha certeza que ela teria conseguido alguma coisa com as entrevistas de hoje. Tinha uma mensagem dela em seu celular pedindo para que, se ele chegasse tarde, a acordasse, mas ele ficou alguns minutos reparando nela dormindo, percebeu que estava tranquila, ainda maquiada, com aquele cabelo caindo sobre as costas, sobre os braços, ela era definitivamente linda.

Agachou-se em frente ao sofá e baixinho chamou por ela, colocando a mão suavemente sobre o seu ombro, e ela foi se espreguiçando, acordando.

— Matt, você chegou! — E ainda meio sonolenta o puxou para um abraço e disse: — Seu bilhete me deu sorte, a editora Harper quer me entrevistar.

Ambos desfizeram o abraço caloroso para se olharem, quando Matt disse:

— Algo me dizia que seria um bom dia e eu trouxe essas flores para você, desejando que sejam motivo de comemoração, tenho certeza que essa vaga já é sua.

— Deus te ouça, Matt, eu quero mesmo contribuir com todas as despesas aqui, continuar os estudos, transformar esse visto de estudo em visto de trabalho, virar uma escritora, como você disse. E essas flores são lindas, vou colocar no meu quarto para me alegrarem logo pela manhã, quando eu sair para a entrevista.

— Então vai descansar, não precisava me esperar, nem ser acordada para me contar a novidade, mas fico feliz que queira dividir comigo.

Levantando do sofá, pegou suas rosas e se dirigiu ao quarto. Matt foi atrás e se recostou no batente da porta dela.

— Toda sorte para você amanhã, Amber. Eu quero muito que as coisas deem certo e você fique aqui para sempre... em NY, como é seu sonho.

Amber sorriu e se aproximou dele para dar um beijo no rosto do rapaz, ele inclinou a cabeça, porque era bem mais alto que ela, tomou seu rosto em suas mãos e deu um beijo carinhoso em sua boca, desses que se sente a textura dos lábios, o cheiro de perto, mas não se atreveu a explorar mais e se afastou.

— Durma bem, minha futura escritora.

— Obrigada, você também.

Ao fechar a porta, Amber ficou em um estado de certa confusão, perguntando-se a respeito desse beijo, que foi tão tenro e gostoso, que acabou tão rápido, que ela sentia vontade de continuar, mas ao mesmo tempo Frank vinha a sua mente, porque não saía do seu coração.

— Como vou conseguir voltar a me relacionar com alguém depois de Frank, o que há mais para sentir que eu já não tenha sentido por ele? Isso precisa acabar, eu preciso esquecer — falou Amber consigo mesma, já deitada para dormir.

Provavelmente por conta dos remédios, Frank passou boa parte do dia seguinte dormindo. Steve já havia avisado o *suis chef* para que cuidasse do restaurante, e assim que Frank acordou, foram comer uma refeição que Graça havia preparado para os dois.

— E aí, cara, conseguiu relaxar?

— Entre um pesadelo e outro, acho que descansei, relaxar mesmo está difícil.

— Eu estava pensando, por que você não passa uns dias na casa de seus pais? Eu sei que você não quer ver seu pai, nem Michael, mas teu pai fica o dia na empresa, você passaria o dia com Will e sua mãe, e quando seu pai chegar, vai para o quarto. Você precisa de um pouco de sossego, e Will te faz bem, eu sei como você fica quando conversa com ele, talvez precise disso.

— Talvez seja uma boa ideia, com isso tudo eu não fui lá nesses últimos dias. Mas me diz uma coisa, e pode ser duramente sincero se preciso for. Depois de tudo que te contei da conversa com Michael, você acha que a Amber não sabia mesmo de nada, não fez nada por mal?

— Sabe o que eu acho, meu irmão, você ama tanto essa mulher e ficou tão cego de ciúmes que fez as piores conjecturas possíveis, sendo que o mais provável é o que realmente aconteceu, exatamente o que ela te contou. Ela te ama, ou amou, nunca te traiu, e se teve algum erro, foi ter achado que a tia manteria segredo sobre o que você falou, mas acho que ela contou de feliz que estava por você, depois de tanto ouvir você mesmo se chamando de inútil, se culpando pelo seu irmão. Acho que quando ela viu sua esperança, isso encheu ela de expectativas para vocês dois, você chegou até a chamá-la para morar contigo, e ela aceitou.

— No fim das contas, eu fui um idiota do mesmo jeito, com a última pessoa que poderia magoar, e foi provavelmente quem eu mais magoei e não sei como resolver isso, porque nem eu acho que mereço perdão.

— Isso é aquele velho sentimento de culpa que você já carrega sempre. Veja, você teve culpa, agora tem que assumir a responsabilidade nisso e correr atrás do que você quer.

— Ela não vai me perdoar tão fácil, mas eu a amo, não parei de amar um minuto, nem quando senti raiva descabida.

— Então você já sabe o que fazer, basta administrar o como, e disso você entende. Eu vou embora para ver se o restaurante está inteiro ou se o Charles estragou tudo, mas qualquer coisa você me liga, e amanhã vai lá para a casa de sua mãe, escuta o amigo aqui.

Sozinho em casa, a falta da Amber era gritante, ele nunca havia levado outras mulheres ali, eram sempre encontros de uma noite só, resolvidos em quarto de hotel. Então se decidiu, arrumou algumas roupas em uma mala e foi para a casa ver sua mãe, Will e Linda.

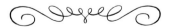

Por incrível que pareça, ao chegar na editora Harper, Amber não estava tão nervosa quanto da primeira vez que entrou na van der Berg. Com tranquilidade, ela entrou na sala de entrevista com o editor-chefe, que viu seu currículo, fez algumas perguntas e falou que ela teria o perfil da vaga e que poderia começar na semana seguinte, caso o salário a agradasse. Ela concordou e ficou tudo acertado, o contrato pronto e assinado.

Amber já estava empregada novamente, pensou que pelo menos uma coisa havia consertado. Agora podia se dedicar ao que deixou atrasar na faculdade, planejar a visita dos seus pais e pensar como faria com tia Sara, porque com certeza sua mãe ia querer fazer uma terapia em família.

CAPÍTULO 23

A chegada de Frank na casa era sempre uma alegria para sua mãe e Linda, receber os abraços delas o fez relaxar um pouco, e ao verem a mala que ele trazia consigo, empolgaram-se ainda mais.

— Mas o que foi isso que aconteceu com seu cabelo, meu anjo, piolho?

— Não, Linda, foi um ato de rebeldia adolescente.

— Se bem me lembro, filho, você já vai fazer 28 anos, e essa fase de rebeldia aí já passou, né.

— Passou, mãe. Como vocês estão, e o Will?

— Ah, meu filho, nós seguimos, e o Will não. Mas e a querida Amber, não veio dessa vez?

— Eu e a Amber terminamos, depois eu posso contar melhor para a senhora, mas agora quero mesmo comer a comida da Linda e ver Will.

Will estava no meio da sessão de fisioterapia, pois, como ele era um paciente jovem, era primordial para sua recuperação manter a memória muscular dos movimentos, até mesmo para evitar uma trombose caso ficasse na mesma posição o tempo todo. Will era muito bem tratado dentro da medicina convencional, repetindo técnicas que permitem manter o paciente vivo, mas nada era feito de inovador, por mais dinheiro que tivessem, os médicos que sempre atenderam à família eram conservadores, e como era o Sr. Hans quem tomava as decisões, já que a mãe estava muito fragilizada, nada mudava, e Frank tinha feito todo aquele planejamento, roubado por Michael, visando mudar isso.

A julgar que nas últimas semanas nada de inovador estava sendo feito na empresa e nem ali naquele quarto, Frank ficou ainda mais revoltado, pois além de Michael ter roubado suas ideias, não as colocou em prática, que é provavelmente o que o pai deles acha que está sendo feito, sendo que não está.

Frank pensou que precisava mudar a tática, e esse caminho seria através da sua mãe. Se o motivo para o humor dela oscilar, para ela por vezes se entregar ao estado depressivo, era justamente ver o filho em coma, talvez a expectativa de mudar essa condição a fizesse despertar. Desde o nascimento dos filhos ela não se inteirava sobre as questões da empresa, pois havia se

Caroline Greco Regly

dedicado a cuidar das crianças, porém ela ainda era uma das acionistas majoritárias, o que podia influenciar o conselho de outros acionistas e da presidência da VDB.

Quando o fisioterapeuta de Will saiu, antes da enfermeira voltar Frank pediu um tempo com o irmão para conversar.

— Mano, não vou dizer que as coisas estão fáceis, mas conhecendo essa família, você entenderia. Eu fazendo merda, porque Michael fez merda, enfim, sempre fui meio descontrolado com certas coisas e preciso mudar. Você também, quando acordar, precisa ficar forte, andando para lá e para cá, você vai precisar entender que terá 24 anos e vai adquirir maturidade para não continuar fazendo besteira, como seus irmãos mais velhos. Quem sabe você nos ajude a amadurecer, porque eu tenho certeza que sua história de superação vai render muitas coisas boas. Quem sabe um livro meio biografia meio autoajuda, escrito pela Amber, se ela me perdoar.

Ao fim dessa frase, sua mãe entrou no quarto.

— Como assim Amber te perdoar, filho? O que você aprontou?

— Então, mãe, é justamente sobre isso e outras coisas que quero conversar com a senhora, que não pode mais ficar no escuro das coisas, ou em negação. Vamos deixar a enfermeira entrar e conversar na sala?

Já na sala, Frank contou toda a história para a mãe, sem poupar detalhes, nem de seus planos, nem do caso de Michael com Sara, e muito menos da besteira que ele fez acusando Amber e terminando tudo.

— Mas, mãe, eu só quero que saiba que estou te falando tudo isso, que mantive em segredo no último ano e principalmente nas últimas semanas, porque eu conheço a senhora de antes do acidente do Will, a sua força, e sei o quanto isso foi levado da senhora nesses últimos três anos de tristeza, depressão, remédios. Mas falo isso também por tudo que vi, pesquisei, médicos inovadores com quem conversei, existem tratamentos que podem fazer o Will acordar e se recuperar, se não totalmente, quase totalmente, porque ele é jovem, sempre teve boa saúde, é o paciente perfeito para várias técnicas novas, e não a medicina conservadora que tem abordado o tratamento dele até agora.

— Deixa eu ver se entendi, filho, e eu acho que entendi e sinto que você deveria ter falado comigo antes. Aqui com os médicos que conhecemos, as forças que perdi no meio dessa tristeza me fizeram apática, seu pai

Eternizado em âmbar

tomou o rumo do tratamento do Will e até do meu. E assim tem sido, eu acompanho e faço minhas orações por um milagre. Eu fico desolada em ver meus dois filhos brigando, traindo um ao outro dessa forma, e sobre isso com certeza vou conversar com Michael, porque eu preciso reagir como mulher e como mãe de vocês. O que inclui te apoiar nesse projeto da criação do instituto de pesquisa para casos como o do Will, e já começar a conhecer esses médicos e essas técnicas que você disse.

Mãe e filho continuaram conversando até anoitecer, e ele percebeu que ela estava esperançosa, com um novo brilho no olhar, e ele deveria ter deixado de lado a mania que tem de fazer tudo sozinho e procurado a ajuda da mãe, do pai, até de Michael antes, dividido tudo. Mas, se sentindo sempre tão culpado, achou que teria que carregar esse fardo sozinho, e de certa forma, desde que dividiu com a Amber, percebeu que não precisava ser assim, mesmo que tenha estragado as coisas, ele ia tentar consertar.

— Filho, a Amber foi a primeira que você trouxe para conhecermos como sua namorada, eu via o jeito apaixonado que você olhava para ela, e com certeza não foi o mesmo jeito que olhava para aquela sua prima, do lado do seu pai, Elizabeth, certo?

— Você viu a gente se pegando, mãe? — perguntou Frank, rindo de imaginar a situação.

— Eu vi, vi um rapaz que só queria... você sabe o que, né. Você sempre foi terrível com as mulheres, parecia que queria fazer coleção ou disputar números com seus irmãos, principalmente o Michael, mesmo ele sendo bem mais velho. Talvez por isso tua mente tenha te enganado a pensar nele e Amber juntos. Você tem que resolver isso.

— Eu vou, mãe, eu a amo com todo meu coração, e antes eu nem sabia o que era sentir isso por uma mulher.

— Eu torço para que ela tenha mesmo esse bom coração. Se tiver, pode ser que te perdoe, mesmo com tudo que você fez. Meu filho, foram palavras muito fortes, imagina como ela se sentiu, coitadinha. Enfim, está quase na hora do seu pai chegar, melhor você levar alguma coisa para comer no seu quarto. Eu vou refletir sobre o que fazer, se é ou não o momento de contar a verdade a ele, ou até se merece a verdade, já que te chamou de ladrão com tanta facilidade, talvez eu deva conversar com Michael primeiro.

— Obrigado por me ajudar, mãe, eu realmente estava me sentindo perdido, mas você me dá esperança.

— Só porque você me deu esperança primeiro, filho. Esse foi um dia que precisava acontecer, e as coisas precisam mudar e melhorar para essa família.

Despedindo-se com um abraço demorado na mãe e um beijo, ele foi para a cozinha e seguiu para o quarto. Pegou o celular e ficou ponderando se deveria ligar para Amber, mandar uma mensagem, aparecer pessoalmente de joelhos, nada parecia ser suficiente mediante as palavras de ódio que ele jogou em cima dela, mas ele decidiu que ia tentar de tudo e começou ligando.

Amber ouviu a chamada no celular enquanto estava jantando com seus amigos, comemorando a contratação. Ficou com o coração acelerado e quis muito atender, mas não o fez, não sabia o que teria feito se estivesse sozinha, mas ali, na frente de todos, ela rejeitou a ligação por duas vezes e chegou uma mensagem que ela resolveu não ler ali no restaurante, em casa, talvez.

Frank sabia que não seria fácil, e não queria fazê-la sofrer ainda mais, por isso mandou uma mensagem esclarecendo tudo, que não foi visualizada por ela, então só restava a ele esperar, nem que fosse até o dia seguinte, quando ele tentaria alguma outra coisa, até o fim.

Ao chegar em casa, Amber foi direto para o quarto, dizendo-se cansada, e também não houve nenhuma investida concreta por parte de Matt, ela até duvidava se ele realmente estaria interessado ou se era só um jeito mais carinhoso de a tratar. Enfim, resolveu pegar o celular e ler as mensagens, entre elas a de Frank, que foi deixando por último, enganando-se de que não leria, que ignoraria, mas era impossível, e ela leu.

"Querida Amber, se é que posso lhe chamar assim depois de tudo que eu fiz. Eu deveria ter acreditado em você, em tudo, em cada uma de suas palavras, e lamento ter demorado semanas para perceber o quanto errei com a pessoa que não errou comigo. Com a mulher que eu amo e não deixei de amar nem um minuto, mesmo quando o ciúme e a ira me subiram à cabeça. Não me sinto digno do seu perdão e provavelmente não seja, mas não posso pensar que te deixei escapar sem ter tentado de tudo para conseguir o seu perdão.

Lembra na boate, quando eu disse que gostaria de ser evoluído o suficiente para te desculpar? Eu quero deixar bem claro, nunca houve nada pelo que você precisasse ser desculpada, eu fui o errado na

Eternizado em âmbar

nossa história, independentemente do que o Michael fez, as coisas horríveis que eu te disse são minha responsabilidade. Eu que peço desculpas, peço pelo seu perdão, e mesmo que não seja possível agora, que me permita tentar com todas as minhas forças mostrar o quanto te amo e o quanto estou arrependido."

Ela leu, releu, chorou, começou a responder, logo em seguida apagou, pensando que provavelmente a Sara ou o Michael falaram com ele que eu disse a verdade e só por isso ele acreditou. Ele não acreditou nela, mas no traidor do irmão acreditou. Ela tinha vontade de dizer todas essas coisas, puni-lo, castigá-lo, mas achou que ele já estava se sentindo assim, tudo virou contra ele, "e o idiota virou contra mim", pensou.

— Frank, por que você é tão imbecil? Afastou a única pessoa que estaria ao seu lado. Que merda, por que eu continuo sentindo isso, por que não posso esquecer? — pensou Amber em voz alta.

Percebeu que não era racional, depois do que viveram juntos, ela simplesmente ter tanto ódio dele ou esquecer que ele existiu. É claro que ela ainda sentia amor por ele, mas a mágoa era grande demais, a quebra de confiança, passar por aquilo tudo, ela não queria correr esse risco. Então respondeu, sucinta:

"Boa noite, Frank. Estou encaminhando um arquivo de todos os novos estudos direcionados a reverter um estado de coma, com as técnicas mais modernas que meus pais verificaram. Eles disseram que, se houver ocasião, gostariam de ver o Will e todo o prontuário, também entrar em contato com os médicos com quem você vem se comunicando. No final do anexo tem o número dos meus pais, se você se sentir à vontade de tratar com eles, com certeza vão ajudar. Não sei como está a questão com Michael ou com seu pai, honestamente, não me interessa, mas estou certa que sua vontade de ajudar o Will permanece, então espero que isso posso ajudar."

E foi assim, com essa mensagem, que Amber optou por simplesmente ignorar os pedidos de Frank e falar do que realmente tinha esperança, a saúde do Will.

Frank, quando leu, chorou, um misto de choro emocionado por ela ainda estar ali, sendo ela, altruísta, mesmo depois de tudo, querendo ajudar seu irmão, mas o choro também era triste, uma decepção que de certa forma ele já esperava, que ela não ia perdoar, que ia falar contra ele, mas nem se deu ao trabalho de discutir sobre isso. Será que ela estava bem e feliz e não se importava mais com ele, estava indiferente? Ele se questionou não querendo acreditar na possibilidade. E ao mesmo tempo pensou que se ela estivesse bem, ele não seria digno de perturbá-la novamente, ponderou se seria melhor deixá-la em paz, mas será que conseguiria?

CAPÍTULO 24

A primeira coisa que Frank fez ao acordar foi ver a diferença do fuso horário do Rio de Janeiro para New York. Depois mandou uma mensagem simples para Amber, agradecendo pelo anexo, desejando um ótimo dia a ela, e não insistiu em mais nada, não nesse momento.

Assim que deu um horário razoável no Rio, ligou para o número do pai de Amber. Como não sabia falar português, concluiu que o pai estadunidense seria a melhor pessoa para comunicação, mesmo que provavelmente a mãe da Amber também falasse inglês.

— Boa tarde, poderia falar com o Sr. Richard Benson?

— É ele, quem fala?

— Eu sou Frank van der Berg, Amber falou sobre o caso do meu irmão com vocês, eu queria agradecer pelo interesse em ajudar e pelo material que reuniram.

— Hum, Frank, você fez nossa menininha chorar essas semanas, mas como ela mesma disse para a mãe que isso não deveria interferir nas pesquisas, e que de um jeito ou de outro ela as faria chegar até você, continuamos, e acho realmente que podemos ajudar. No Natal estaremos aí, se quiser podemos avaliá-lo, estado atual, prontuário.

— Eu fico muito feliz em ouvir isso, e preciso dizer ao senhor, a culpa foi realmente minha, a Amber não merece nem uma lágrima que chorou por mim. Em alguns dias será Ação de Graças aqui nos Estados Unidos. Por que, em vez de esperar o Natal, eu não vou de jatinho buscar vocês? Podemos conversar muito na viagem e, Sr. Benson, pela minha vida, eu pretendo me redimir de todos os meus erros.

— Veremos isso, Frank, vou conversar com a minha esposa e te dou uma resposta.

Caroline Greco Regly

Ao ver o "muito obrigado" que o Frank enviou, Amber deduziu que talvez fosse só isso que ele quisesse dela, essa ajuda. Se ela já a deu, ele não a procuraria mais, e sofreu com esse pensamento.

Era chegado o final de semana, e como ela começaria a trabalhar na semana seguinte, pensou em aproveitar bem esses dois dias. Primeiro foi ao salão fazer as unhas, um penteado no cabelo, depois um spa, presente de Melissa, porque com certeza ela não teria dinheiro para todo aquele luxo, então ela aproveitou até o último minuto.

Era noite de festa de gala na Universidade de New York, compareceriam os financiadores, acionistas, professores, diretores e pais influentes na universidade, era uma noite de arrecadação de fundos para o ano seguinte e uma prévia comemoração à Ação de Graças. Matt a convidou para ir, por acaso ou não, Melissa e Mallory tinham compromissos naquela noite, então Amber não tinha certeza se se tratava de um encontro ou de uma amiga acompanhando um amigo que não queria ir sozinho a um evento.

Ninguém sabia, mas naquele sábado era seu aniversário, seus pais já haviam ligado de vídeo e cantado parabéns para ela de frente para um bolo no Brasil, e ela fingiu assoprar as velas a distância. Amber estava triste, e a data agora a fazia lembrar que há exatos sete anos ela estava em um restaurante vendo Frank pela primeira vez. Por isso decidiu não contar aos amigos do aniversário e pensou em comemorar secretamente na festa da universidade. Decidiu que deixaria a festa para os 23 anos, no ano seguinte.

Ainda bem que ela trouxe o vestido que usou na formatura da Universidade Federal do Rio de Janeiro, no ano anterior, era preto, de renda, com alguns brilhos na parte de cima, uma faixa de cetim na cintura, o mesmo tecido da parte de baixo e uma fenda até o joelho. Sapatos pretos, *scarpins* simples com uma ponteira de prata. Olhou-se no espelho e se achou realmente linda, seria bom sair em um evento assim, esperava se divertir, fazer contatos, "quem sabe uma nova bolsa no futuro para um doutorado", pensou ela.

Quando ela saiu do quarto, Matt a aguardava na sala, vestindo um lindo terno cinza chumbo e ainda sem gravata. Quando olhou para Amber, ficou boquiaberto, ela estava deslumbrante, e ele não sabia nem como dizer isso a ela.

Eternizado em âmbar

— Uau, Amber! Você é linda sempre, mas um vestido assim realmente realça sua beleza. Estava esperando você sair para ver a cor do seu vestido e tentar combinar com alguma dessas gravatas, me ajuda a escolher?

— Deixe-me ver, acho que essa preta furta cor com roxo é a minha preferida, e combina com meu vestido. O que acha?

— Acho que confio no seu bom gosto.

E Matt colocou a gravata, mas sem se olhar no espelho ela ficou um pouco torta, e Amber foi ajudar. Quando já estava perfeita, ela olhou para cima, e ele a encarava com aquele olhar que parecia estar querendo ver dentro dela.

— Vamos então? — perguntou Amber. E foram para o carro em destino ao salão de festas da universidade.

Chegando lá, estava tudo lindamente decorado. Amber já tinha ido em festas assim no Brasil, honrarias da medicina que seu pai recebeu e celebrações de projetos de estudo de sua mãe, mas alguma coisa tinha New York, talvez o frio da época, os sobretudos, que deixava a festa um ponto mais elegante.

Durante o evento, Matt foi parabenizado por alguns, apresentado a outros, e ele próprio apresentava Amber às pessoas que poderiam ser contatos importantes para ela, sempre elogiando-a como uma excelente linguista e futura escritora. Amber ficava lisonjeada e sorria encantada para Matt, que a tirou para dançar uma música lenta que levou vários casais para a pista.

Ele era um excelente condutor, a dança fluía, e ele passava paz e segurança, era bom estar com ele, mas não podia evitar a comparação com Frank, lembrando que antes de tudo acabar, era extraordinário estar com ele, sentia que dificilmente alguém superaria essa sensação.

De longe, meio que se escondendo, desde que teve a surpresa ao ver que Amber estava na mesma festa que ele e acompanhada, Frank ficou admirando sua beleza a distância. Percebeu que ela e Matt interagiam muito bem, e quando começaram a dançar, o impulso foi arrancá-la dele e tomá-la para si, mas não poderia fazer isso, não poderia correr o risco de magoá-la novamente com uma cena pública, mas não conseguia ficar assistindo, então foi tomar um ar no terraço que contornava o segundo andar no salão.

— Se eu tivesse um cigarro agora, acenderia, ainda bem que não tenho — pensou Frank em voz alta.

— Eu tenho, se quiser ceder à tentação.

Disse uma mulher loira de olhos castanhos, muito atraente.

— Acho que vou resistir a essa. São muitos problemas para voltar para um que eu já tenho como resolvido. Mas obrigado.

— Ex-fumantes que estão doidos para fumar, tenho pena da sua espécie — disse ela rindo. — Me chamo Samantha.

— Frank — e se cumprimentaram com um aperto de mão.

— Prazer, Frank. Se mudar de ideia, estarei lá dentro, com esse vestido fica bem frio aqui fora. — E ela voltou por onde veio.

Em outros tempos, Frank teria aceitado o cigarro e tentado levar aquela mulher para sua cama, só por uma noite, porque era só o que ele achava que precisava, antes de perceber que precisava acordar na manhã seguinte e fazer duas, e não uma xícara de café, para levar na cama, para Amber.

Amber observou toda a cena de longe, igualmente surpresa por ele estar ali. Enquanto Matt falava animadamente sobre sua tese de doutorado com outros colegas, que o chegaram assim que eles terminaram de dançar. Assim que a mulher loira voltou ao salão, Amber se viu andando em direção à sacada, em um daqueles momentos em que não conseguia pensar direito, então os pés iam um na frente do outro sem que ela pudesse ou quisesse impedir. Alguns segundos depois parou, cerca de dois metros atrás de Frank. Teve uma sensação de *déjà vu* de quanto ele estava fumando na varanda, e ela foi entregar a abotoadura que ele deixou cair no restaurante ao esbarrar propositalmente nela.

— Boa noite, Sr. van der Berg.

Quando ele ouviu a voz dela, o coração deu uma parada, e ele ficou com medo de se virar e não ver ninguém, constatar que estava tão louco por ela que ouvia sua voz nos lugares, mas voltou ao chão, pois sabia que ela estava ali, ele a tinha visto com o Matt.

— Boa noite, Amber — disse Frank, virando-se e aproximando-se dela.

Ela o olhou em silêncio por um instante, reparando no cabelo que começava a crescer, mas ainda com aquela aparência de raspado. Os olhos brilhando como o mar do caribe e uma expressão de dor. "Será que é tão ruim para ele me ver?", Amber se perguntou.

Eternizado em âmbar

— Desculpe se não consigo abrir o melhor sorriso que você merece, mas é muito difícil ver você com outra pessoa. Se você quiser eu vou embora, não quero te deixar desconfortável com a minha presença.

— Você me deixou desconfortável quando eu o vi com uma mulher sentada no seu colo enfiando a língua na sua orelha naquela boate, mas hoje não, fique à vontade.

Frank sentiu o quanto foi desprezível naquele dia, mas não pôde deixar de perguntar:

— Você ainda ficaria desconfortável se eu estivesse acompanhado agora?

— Eu não sei nem por que vim até aqui, talvez curiosa pensando se você estaria fumando de novo ou por educação talvez, cumprimentar um conhecido.

— Um conhecido?!!! — E Frank passou a mão pela cabeça desacreditado com aquilo, olhou para baixo e tomou coragem para dizer: — Amber, por favor, existe algum lugar no seu coração em que, em algum momento, você poderá me perdoar?

— A resposta é sim e não sei. Sim, ficaria desconfortável se você estivesse acompanhado, ficaria com ciúmes, seria idiota a esse ponto. Quanto à outra parte, eu não sei quanto do meu coração você destruiu e quanto sobrou para saber se tem algum lugar nele em que eu possa encontrar perdão para tudo que você me disse, tudo que achou de mim, e que provavelmente só mudou de ideia e mandou aquela mensagem porque deve ter falado com Michael ou Sara sobre isso e caiu na real que eu não tive envolvimento com aquela traição.

— Eu não vou mentir, eu falei com Michael, mas já fui falar com ele percebendo o quanto eu estava errado. E, na verdade, segurando minha vontade de socar a cara dele. Eu perguntei já afirmando que então era verdade que você não teve culpa de nada.

— E ele confirmou, e aí sim você acreditou em mim. Quando seu irmão traidor te deu como certo que eu não era amante dele, né?

— Não, Amber, não foi bem assim. O Steve já havia conversado comigo, me tirando da minha paranoia, me fazendo entender que se você tivesse feito qualquer das coisas que eu te acusei, não teria motivo para você sair da casa da Sara, ir para um hotel, pedir demissão da VDB, entre outras coisas óbvias que eu não conseguia ver porque estava cego de raiva com a possibilidade de a única mulher que eu amei, e que eu amo, ter me traído. Eu fiz deduções estúpidas, enchi a cara de whisky, Vodka e nem sei mais o que, e me convenci que estava certo, me fiz de vítima, fui idiota, culpei a última pessoa que poderia ter culpado. Eu nunca me senti assim, eu nunca amei assim...

Amber o interrompeu, dizendo com a voz mais exasperada:

— Eu nunca amei assim também, mas estava disposta a ficar ao seu lado. Era tudo novo para mim também, eu disse para você que eu tinha medo, que estava tudo tão bom e tinha medo de uma hora dar errado, e você me prometeu que eu não precisava ter medo, que você nunca me deixaria, a não ser que eu pedisse, e você não cumpriu com a sua parte.

— Por Deus, Amber, não me olhe assim, não diga que não existe chance para nós, por favor, não me diga para sumir da sua vida. Eu sei que foi exatamente o que eu fiz e estou mais arrependido disso do que de ter dado aquela festa de 21 anos para o Will, porque quanto a isso você me ajudou a entender que não foi culpa minha uma decisão dele. Mas com você, foi tudo culpa minha, eu assumo, me perdoe. Eu posso esperar o seu tempo, o tempo que for, mas, por favor, me dê alguma esperança.

Enquanto falava, os olhos de Frank começavam a se encher de lágrimas, e os de Amber não estavam diferentes, parecia que seu coração ia derretendo no ritmo das lágrimas. Frank falava acelerado, com uma angústia que ela conseguiu sentir na própria pele, estava ficando ofegante e se encostou em uma pilastra buscando o equilíbrio que lhe faltava.

E da mesma forma que ela andou até ali por instinto, ela deu um passo à frente e o abraçou, com a mão em sua nuca, sentindo o cabelo raspado em rebeldia, sentindo o coração dele bater forte e até o corpo dele tremer e aos poucos relaxar, apertando-a mais, como se ele pudesse morrer ao deixá-la ir.

— Respira, Frank. Eu não sei como, nem quando, nem mesmo se é o certo. Mas algo me diz que vamos achar um caminho para a gente. Isso é esperança o suficiente para você?

— Isso é o mundo para mim.

— Então agora eu vou voltar para o Matt, eu sou acompanhante dele e não estou fazendo companhia para ele daqui. Eu vou embora para a casa dele, que é onde estou morando atualmente. E depois a gente conversa, ok?

— Vocês estão mesmo morando juntos?

Eternizado em âmbar

— Achei que soubesse, já que me seguiu até lá naquela noite. Eu vi seu carro pela janela. Eles me ofereceram ajuda, sair daquele hotel e ir morar com ele e a Melissa, no quarto da Mallory, que está morando com Román.

— Tudo bem, tudo bem, não é a melhor coisa do mundo ouvir sobre o Matt, ou sobre vocês estarem morando juntos, ou sobre todas as outras perguntas que gostaria de fazer a esse respeito, mas sei que não é da minha conta, nem o momento. Mas se ele ter te convidado para essa festa for o marco zero para você conseguir me perdoar, eu vou agradecê-lo para sempre.

Encerraram o abraço com Frank fazendo um carinho no rosto de Amber.

— Eu nunca vou me cansar de admirar esse teu olhar, da mulher mais linda que existe.

Ela passou a mão sobre o cabelo raspado dele e disse:

— Me doeu muito isso, porque sei que foi para me fazer sofrer, mas é insuportável que você fique lindo mesmo assim — falou Amber, dando um sorriso de canto, um vislumbre da Amber de antes.

— Me desculpe, eu estava sofrendo e queria te mostrar isso de todos os jeitos, queria te esquecer. Eu me olhava no espelho e queria arrancar tudo que tinha em mim que me lembrasse você. Mas eu sou seu, eu faço o que você quiser com esse cabelo, você é dona do meu coração, o resto são detalhes. Eu nunca mais vou agir assim.

— De alguma forma eu acredito nisso, ou você teria feito uma cena ao me ver com Matt, assim como fez na boate. Como eu disse, eu ainda não sei como nem quando eu vou conseguir te perdoar, Frank, mas agora eu preciso ir.

— Mas antes, pode aceitar isso e deixar para abrir em casa?

Era uma caixinha dourada, Amber a pegou e agradeceu por ser pequena para caber na bolsa.

E assim Amber se virou, sem dizer mais nada, e caminhou decidida. Quando seus olhos viram onde estava Matt, foi diretamente para ele e o acompanhou o resto da noite. Já Frank se torturou de longe, ela parecia feliz ao lado dele, como amigos ou algo mais, ele não gostava nem de pensar, mas sentia que precisava respeitar, devia isso a ela.

Matt não havia percebido a presença de Frank, mas havia notado a ausência de Amber.

— Que bom que está de volta, depois você me diz por onde se perdeu — falou Matt rindo.

Ao final da noite, já no carro, percebeu um pequeno bilhete no vidro do lado do passageiro, metade para dentro e metade para fora do carro, com seu nome na frente, pensou o mais lógico, era algo de Matt para ela, mas no outro lado da caixa estava o nome Frank, e ela rapidamente a escondeu na bolsa nem querendo imaginar como aquilo foi parar dentro do carro do Matt, "Frank é maluco", ela pensou, deixaria para ver o que fosse em casa.

No carro, Amber e Matt conversaram sobre a noite, as pessoas, as conversas, e Matt perguntou onde ela estava quando sumiu por quase meia hora.

— Matt, me desculpe se não fui a melhor das acompanhantes, mas não sei se você notou, o Frank estava lá, e nós estávamos conversando nesse tempo em que me ausentei.

— Não tem do que se desculpar, Amber. Mas eu gostaria de dizer que eu gosto muito de você, que por mim seria muito mais que uma amizade, mas eu preciso perguntar, você ainda o ama? Se eu fosse paciente, você conseguiria esquecê-lo?

— Eu não posso responder com certeza quanto ao futuro, mas mesmo se você fosse paciente, eu não sei se poderia esquecê-lo, porque eu sei que ele fará de tudo para que eu não o esqueça. Mas em contrapartida, ele disse que quer me ver feliz, acima de qualquer coisa, então não sei o que te responder.

— Talvez uma pergunta mais simples. Você ainda o ama?

— Amo.

Matt respirou fundo, dizendo:

— Que pena que ele chegou primeiro. Mas, pensando bem, eu fui seu professor de intercâmbio antes de você conhecê-lo, então eu cheguei primeiro.

— Obrigada por falar assim, em tom de brincadeira, e por sempre tentar deixar as coisas mais leves, eu não quero perder sua amizade, Matt.

— E nem temos motivos para isso. Só espero que se você o perdoar, ele entenda isso também.

Eternizado em âmbar

Ao chegar em casa, Amber deu um abraço tenro em Matt e foi para o quarto, ansiosa para abrir a caixa de Frank. Antes de ver o conteúdo, resolveu ler o bilhete.

Eu imagino que você quis esconder seu aniversário de todos, e vou respeitar seu desejo, mas você me disse que comemorou seu aniversário no restaurante, e bem me lembro que era 10 de novembro, assim como hoje, então você está fazendo 22 anos, e tudo o que eu queria era estar próximo de você, te enchendo de carinho e beijos. Mas eu te amo e respeito que não queira comemorar agora, principalmente comigo, mas não pude deixar de te dar esse presente. É loucura eu ter ele comigo, achei que saindo do baile da universidade eu poderia te achar em algum lugar, mas acho que Deus me sorriu dessa vez, pois estávamos no mesmo lugar.

Dizem que essa flor significa amor eterno, espero que goste.

Feliz aniversário.

Abriu a caixa e encontrou um colar dourado com um pingente de resina âmbar em formato de gota, e lá dentro, visível pela transparência da qualidade do âmbar, via-se a flor do amor, miosótis.

Colocou o colar, queria se olhar no espelho, e ao tocar o pingente, fechou os olhos e sentiu Frank ali, como se ele tivesse borrifado seu perfume na caixa da joia para que ela sentisse seu cheiro.

Amber já não usava a pulseira que ele havia dado e reparou que ele também não usava o anel, então por que isso agora? Uma flor do amor eterno, eternizado em âmbar. Será que era assim que ele os via, como almas destinadas a ficarem juntas? Amber tinha muitas dúvidas.

CAPÍTULO 25

Primeiro dia de trabalho de Amber no novo emprego, e ela estava bem mais tranquila do que na primeira vez. Ao contrário do conglomerado VDB, que tinha a editora como mais um dos tantos setores de interesse, a Editora Harper era exclusivamente uma editora nas antigas, já havia publicado diversos *best-sellers* e tinha uma equipe bem grande.

Amber foi apresentada à maioria dos setores da editora, e sua sala era grande, com mesa para ela e para outros dois revisores. Era um trabalho em conjunto, acreditavam na troca de ideias para melhorar o desenvolvimento e a qualidade.

Seus colegas de sala eram Peter e Owen, acho que quiseram acrescentar um toque feminino ao setor, e por sorte os dois foram super simpáticos e inteiraram Amber do trabalho. Depois almoçaram juntos, conversaram sobre suas vidas, carreiras e algumas fofocas da empresa, o que é bem normal passar para a novata. Amber filtrou tudo, mas achou divertido, um bom primeiro dia.

Saindo do prédio, viu Frank no seu carro azul, se por um lado não fica mais surpresa com suas aparições nos lugares mais improváveis, por outro ela se questionou como ele soube que ela estaria ali.

— Me dá a honra de acompanhá-la até em casa?

Amber não respondeu, deu um sorriso enquanto respirava fundo, deu a volta no carro e entrou.

— Me diga como? Como você sabe que estou trabalhando aqui?

— Pensei em mentir, dizer que Román me contou, mas eu nunca mais quero mentir ou jogar com você. Na semana da nossa briga, quando você pediu demissão, eu pedi ao Grant para fazer contado com o editor-chefe da Harper, porque acho que faz o seu perfil, e você o deles. Sei que talvez não deveria ter interferido, longe de mim achar que você sozinha não consegue se virar, mas eu queria mesmo te ajudar, pois já estava me sentindo culpado, e mesmo em meio àquela raiva toda eu queria você ali na VDB, mas como estava claro que não seria possível, pensei no que seria melhor para você dentro do que você me disse que queria trilhar como carreira, até escrever seu próprio livro.

Caroline Greco Regly

— Eu deveria ficar com raiva de você tentando controlar minha vida, mas vou escolher pensar por outro lado. Mas sabe, Frank, eu não posso arrumar desculpas para tudo que você faz e achar que é normal certos comportamentos, você precisa se corrigir para isso — apontou para ele e para ela — dar certo.

Depois desse gesto feito por Amber, Frank mal conseguiu controlar o sorriso, pensou "ela falou em dar certo, nem acredito que é possível".

— Eu sei, você tem razão, eu vou melhorar. Vim aqui perguntar se gostaria de jantar comigo, com minha mãe e alguns outros médicos e cientistas um dia antes do dia de Ação de Graças, para discutirmos sobre meu projeto em prol do Will.

— Não sei em que posso ser útil em uma reunião como essa.

— Você ao meu lado iluminará meu caminho, lembra? E eu vou fazer de tudo para iluminar o seu.

— Ao seu lado?

— Não vou forçar nada Amber, se e quando você me perdoar e me quiser, eu estarei aqui esperando, mas até lá, podemos ser amigos?

— Parece razoável para mim, e será ótimo rever a sua mãe. Ela sabe de nós? Do ocorrido?

— Ela sabe de tudo, Amber, não vou mais carregar as coisas sozinho, reconheci que preciso de ajuda, e minha mãe ficou muito esperançosa com as possibilidades do Will e está do meu lado, ela e suas ações na VDB.

— Então, quarta-feira, me diga o restaurante e horário, estarei lá.

— Posso te buscar, por favor?

— Tudo bem, me manda mensagem. Chegamos.

— Sim, chegamos na casa de Matt — disse revirando os olhos.

— Casa de Matt e Melissa, meus amigos, super-hospitaleiros comigo.

— Vocês já ficaram juntos?

— Tem certeza que quer ou merece saber a resposta?

— Tudo bem, não é da minha conta, estamos separados, você é livre para fazer o que quiser, e honestamente, parte de mim pensa que talvez você pudesse ter uma vida mais tranquila de paz e felicidade com ele, pois, nas vezes que os vi, pareciam em sintonia. Mas meu lado egoísta e otimista acredita que eu vou conseguir fazer melhor, ser digno da mulher que você é.

Eternizado em âmbar

Aproximando-se sem dizer nada, Amber colocou uma das mãos na nuca e a outra no rosto de Frank, ficou olhando para ele, admirando, investigando, como tentando ler seus pensamentos, e refletia que estava se segurando para não o beijar ali e agora e se perder de uma vez, para que esperar, ela se questionava. E a conclusão é que ela queria ter certeza de que não sofreria daquele jeito de novo, afinal, o medo que sentia antes de dar errado só aumentou depois que de fato deu tudo errado.

Frank permaneceu quieto, sem autoridade para iniciar nada, sabia que deveria vir dela o consentimento, o perdão, antes de tomar qualquer atitude. E com isso ela lhe deu um beijo demorado na bochecha, ambos de olhos fechados aproveitando o momento de conexão, ela fazia carinho na cabeça dele e ele entrelaçava os dedos no cabelo dela, pela nuca.

— Bem, melhor eu ir, quinta-feira nos veremos.

— Vou aguardar ansiosamente. E obrigado por essa chance.

Ao entrar no apartamento, só Melissa estava por lá, e após a conversa de praxe sobre como foi no trabalho, Amber resolveu atualizar Melissa sobre as coisas com Frank. Contou das tentativas dele de pedir perdão, que se encontraram na festa da UNY.

— Aposto que ao te ver com Matt ele fez uma cena, né?

— Pelo contrário, Mel, ele se manteve distante, vendo Matt e eu juntos, dançando, rindo, e pode me julgar, mas quando Matt foi falar com amigos do doutorado, eu vi Frank na sacada e fiquei observando, ele parecia estar dispensando uma garota, e eu não sei o que me deu, mas fui até ele.

— Não sabe o que te deu... Eu sei o que te deu! Essa relação de vocês, passiva agressiva, não é saudável.

— Eu concordo, ele sempre me tratou muito bem, eu não tinha nada a reclamar, até que rolou tudo aquilo. Mas agora parece que ele caiu em si, quer respeitar meu tempo, seja qual for, entender tudo que ele fez e passar o resto dos dias fazendo diferente. Eu não posso afirmar que acredito, mas até agora tiveram momentos em que ele poderia ter mentido para mim, mas foi honesto, me deixou decidir o ritmo das coisas, contanto que ele possa ter esperança.

— Eu acredito que ele te ame de verdade, Amber, mas se mais uma vez ele achar que você fez algo contra ele e agir daquele jeito, eu te tranco no quarto até você perceber que não pode voltar para ele. Talvez você devesse testá-lo, sabe? Ficar com um cara bem na frente dele, uma cara qualquer, não o Matt, porque seria sacanagem, já que ele tem sentimentos por você. Mas só para ver como ele ia se comportar, se iria deixar você ser livre nas suas escolhas ou ia te chamar de traíra e tudo aquilo de novo.

— Se ele fizer qualquer coisa do tipo, eu vou dar um jeito de matar esse amor no meu coração, porque o meu amor próprio tem que valer mais. Mas confesso que ele parece honesto. E toda vez que eu o vejo, desde aquele primeiro esbarrão, eu com 15 anos, minhas pernas ficam bambas, agora nós dois mais velhos, com tudo de bom que rolou, eu só olho para aquela boca e tenho vontade de morder, de me enroscar nele, arrancar a roupa... Mas a sua ideia também não é das piores, sabe, talvez ele devesse provar do próprio veneno, mas nem sei se consigo honestamente.

— Tá bem, já entendi, não precisa continuar que eu estou bem carente.

— Ah, amiga, eu aqui falando só de mim, desculpe. E você, nada da Rebeca?

— A Rebeca quer lances casuais, com homens e mulheres, não quer ser presa a ninguém, eu não vou ficar me remoendo por isso. Na última vez que estávamos no Hunter's ficando, entrou uma mulher muito malhada, toda gostosona, sabe? E ela deu em cima dela na maior cara dura. Eu me senti a gordinha que foi deixada de escanteio.

— Mel, eu gosto da Rebeca, mas ela tem esses comportamentos péssimos, e você não merece se submeter a isso. Você é linda, cheia de curvas, sua saúde está ótima, você não precisa ser magra ou isso ou aquilo para ser linda. E você é linda, acredite. Se estivéssemos no Brasil, te apresentaria à minha prima por parte de pai, e uma das minhas melhores amigas, ela é super assumida e linda, com certeza vocês teriam muito em comum. Ela não tem me respondido muito essa semana, nos falamos quase todos os dias por mensagem, mas se quiser, quem sabe, posso colocar vocês em contato, e no verão vamos ao Rio de Janeiro e você pode conhecer a Rafaela.

— Olha só você como cupido! — e as duas riram e continuaram conversando até a hora de dormir.

CAPÍTULO 26

Melissa acordou empolgada.

— Amanhã vamos viajar para passar o feriado com nossos pais. Como não estaremos juntos esses dias, pensei em irmos a uma boate diferente hoje, fazer nossa terça-feira pré-Ação de Graças, o que acham?

— Eu topo, mas vamos chamar de reunião, porque terça-feira pré sei lá o que está muito longo. Vamos chamar a galera, e que boate é essa que você tem em mente?

— Uma bem interessante, oras, já errei alguma vez? Não responda.

— Então eu mando o convite para todos, mas preciso do endereço e horário — disse Amber.

E estava combinado, antes de enfrentar uma noite de "negócios" com Frank, seu mais novo amiguinho, ela decidiu que merecia beber todas e ser feliz, fazer valer seus 22 anos.

Todos aceitaram, a boate era de música eletrônica, poucas luzes, no convite tinha instruções para irem maquiados de neon, pois a luz negra faria do ambiente algo incrível, e chegando lá, foi exatamente o que aconteceu. Matt e Melissa estavam lindos com neon verde em volta dos olhos, e Amber optou pelo azul nos olhos e uma boca neon laranja, parecia uma cenoura naquelas luzes negras, estava incrível e se sentia uma adolescente descobrindo primeiras coisas de novo.

Um estranho alto chamou Amber para dançar, a música era alta, mas deu para ouvir que seu nome era Dylan. Ela se apresentou e curtiram o som.

— Você mora por aqui, Amber?

— Nem perto nem longe, e você?

— No campus em Harvard, mas vim para o jantar de Ação de Graças com meus pais.

— Eu sou brasileira, não comemoramos Ação de Graças por lá.

— Você é muito linda, desculpe jogar isso do nada, é que está preso na minha garganta desde que te vi.

— Sabe que você também não é de se jogar fora? — disse rindo

— Parece que a diversão já está rolando, né?

— Dylan, essa é minha amiga Melissa.

— Prazer, Dylan, está super aprovado — falou rindo, chegou perto do ouvido de Amber e disse: — Pena que o Frank não está aqui para fazermos nossa pequena experiência.

— Você é doida, Melissa, não importa a presença de Frank, ainda somos solteiros, e se eu quiser ficar com alguém, vai rolar e pronto.

— Meninas, que tal irmos ao bar pegar mais umas bebidas, não ofereço para trazer porque sabe o que dizem, não aceite bebida de estranhos, e falo sério mesmo, NY pode ser um perigo.

Amber achou honesto e cuidadoso o comentário do recém-conhecido Dylan, e muito ajudava ele ter os lábios grossos, a pele morena, cabelo castanho perfeitamente penteado, tudo no lugar, era um gato mesmo, só não conseguiu ver a cor dos olhos porque usava uma lente neon lilás, parte do figurino da festa. Isso só deixou Amber mais intrigada.

De longe, em um mar de coincidências que era Manhattan, Steve observava a ex-namorado do amigo se divertir e pensou que talvez fosse uma boa hora para Frank aparecer e dar uns passos a mais com Amber. Ligou para o amigo, que disse que chegaria em 20 minutos.

Amber e Dylan estavam sozinhos em uma mesa, a conversa fluía tão bem que já sabiam de planos da vida um do outro, Dylan por exemplo estava cursando direito em Harvard.

— Inteligente com certeza você é, Harvard não é para qualquer um.

— Que nada, sou só esforçado — disse rindo. — Vamos dançar?

E foram os dois para o centro da boate quando começou a tocar *I feel so close*, de Calvin Harris, uma das preferidas de Amber, dançante, com uma batida ótima, e ela foi se soltando.

Dylan delicadamente a puxou para perto, sussurrando em seu ouvindo "não é mais gostoso dançar assim?", e o sorrido de Amber foi a resposta.

Bem na virada da batida da música, antes de voltar a parte cantada, Dylan olhou fixamente para Amber e disse, flertando:

— Queria saber que gosto tem essas laranjas na sua boca.

Ainda que tímida ou meio constrangida, Amber estava se sentindo à vontade o suficiente para responder.

— Sabe, só tem um jeito de você descobrir.

Eternizado em âmbar

E não precisou dizer mais nada, Dylan tomou Amber em um beijo envolvente, ainda no ritmo da música. Ela estava sorrindo, curtindo, ele podia ser um estranho, mas era tão espontâneo, e ela não fazia muitas coisas espontâneas, e gostou, sentiu-se livre de qualquer julgamento, em uma festa de pessoas pintadas de um jeito engraçado, só querendo interagir e se divertir.

A música trocou para outra de estilo parecido, e Dylan não parecia satisfeito com os beijos até ali, queria mais, ele era respeitador, pegou-a pela cintura e não desceu ou subiu um centímetro além do permitido por ela. E naquele clima, jogos de luzes e o drink fazendo efeito, mais beijos vieram, beijos maravilhosos, inesperados, até que Amber pediu para sentar, pois estava com os pés doendo por causa do salto. Assim que se virou em direção à mesa que estavam antes, viu Frank na de traz e congelou.

— Amber, vamos sentar, está tudo bem ou vai precisar de colo?

— Está tudo bem — respondeu no automático e sentou-se exatamente na mesa em de Frank e Steve. Ela não estava acreditando e balbuciou "Melissa armou isso? Não, Amber, nada de acusar as pessoas sem provas. Mas que merda, como é possível?".

Interrompendo seus pensamentos, Dylan disse que avistou um grupo de amigos e ia cumprimentá-los, perguntou se ela queria ir, mas disse que precisava de um descanso maior dos saltos. Quando ele se levantou, Amber foi ficando um pouco nauseada, sentia o perfume de Frank logo atrás, sentia mais que isso, como se uma extensão dele estivesse fazendo um campo magnético ao redor dela, era loucura e ela sabia. Alguns minutos se passaram e ela colocou as sandálias novamente, pensou "vou me levantar e ir na direção da Melissa, com sorte ele vai achar que eu não o vi. Que ideia, claro que ele vai saber", mas fez menção de levantar assim mesmo.

— *Bela* Amber. — Surgiu ele falando ao lado dela, parecia que estava esperando ela se calçar novamente, esperando ela descansar, para que, começar uma cena?

— Oi, Frank, que surpresa você aqui. Oi, Steve — cumprimentou com um aceno, já que ele estava logo atrás.

— Você fica ótima de neon.

— Já você não parece ter entrado no clima da festa.

— Digamos que eu vim às pressas quando soube que você estava aqui. Na verdade, eu queria só mais um momento para estar com você, como amigos que somos, não é mesmo?

Frank falava tranquilamente, o que fazia a cabeça de Amber girar em pensamentos, tentando decifrá-lo.

— Chegou tem muito tempo?

— Tempo suficiente para ouvir Calvin Harris.

Ele definitivamente viu os beijos, e como se a situação já não fosse tensa o suficiente, Dylan retornou:

— Seus pés melhoraram, mais uma dança então? — disse Dylan ignorando completamente a presença de Frank ao lado dela.

— Vai lá, Amber, divirta-se, vou terminar meu whisky com Steve, depois eu vou embora, e nos vemos amanhã.

Atônita, Amber não conseguiu dizer sequer um "ok" e se deixou levar por Dylan para a pista, mas sem tirar os olhos de Frank, que também olhava fixamente para ela.

— Amigo seu?

— De certa forma, sim.

Ele a puxou para perto, e começaram os movimentos no ritmo da música. Ele tentou dar um beijo nela, Amber desviou timidamente, mas continuou dançando, virou-se de costas para Dylan, ergueu os braços e pegou nos cabelos dele, colocando sua cabeça de lado, enquanto ele seguiu beijando-a no pescoço, tudo sendo observado por Frank, como se estivesse na plateia e Amber estivesse dando seu show.

Não tinha um músculo de Frank que não estivesse completamente tensionado, ele mal consegui piscar, queria arrancar Amber dali, queria arrebentar a cara do atrevido, mas ao mesmo tempo sentia que ela não estava dançando com o cara, ela estava se exibindo para Frank, dançando para ele, seja lá qual fosse a intenção dela com isso.

Decerto, enquanto ela o beijava antes, não havia visto Frank. E agora que estava ciente da presença dele, o clima era outro, já não tinha mais a menor vontade de beijar Dylan, mas queria provocar Frank, ver até onde ela podia esticar antes de sua corda se romper. Pensou que era maldade, vingança, e talvez fosse, e talvez ela precisasse disso.

Eternizado em âmbar

Quando a música acabou, Amber se despediu de Dylan, disse que adorou conhecê-lo, mas que precisava encontrar seus amigos para ir embora. Ele pediu o telefone dela, e ela desconversou, sentindo-se um pouco culpada por ter feito dele "o cara de uma noite só". Mas assim que ele se virou para ir embora, ela foi atrás dizendo:

— Eu gosto de outra pessoa, sinto muito. Mas me diverti muito com você hoje.

— É o loiro da cabeça raspada, né?

— É tão óbvio assim?

— Para a boate inteira. E tudo bem, Amber, fica tranquila, ninguém aqui está atrás de um relacionamento sério, mas foi muito bom te conhecer, valeu a noite. — E deu um beijo no rosto dela se despedindo.

Ao sair da boate, Amber esperava que Frank estivesse encostado no seu carro, pronto para lhe dar um sermão, o que não faria o menor sentido, posto que ele não tinha moral nenhuma para isso.

Mas ele não estava, e ela ficou decepcionada, pensando que ele ficou realmente magoado e talvez tenha desistido de tudo que disse antes, de buscar o perdão dela até o fim, "ou percebeu que eu posso ser tão ruim quanto ele, desfazendo a imagem de princesinha que ele tinha a meu respeito", pensou.

No carro indo para casa, todos estavam cansados e a única coisa que Melissa conseguiu dizer foi:

— Oh, eu dei a ideia, mas não tive nada a ver com isso, tá? Não sei como Frank foi parar lá.

— Eu acredito em você, amiga, vamos ver como será o tal jantar amanhã.

Ao saírem do Uber, Amber deu de cara com Frank parado na porta da casa, esperando por ela. Ele cumprimentou Matt e Melissa, que logo entraram.

— Queria saber se chegou bem em casa.

— Ai, Frank, eu estava beijando um cara lá, tudo bem por você? E sabe o que é mais interessante? Foi divertido. Mas eu não estou aguentando seja lá o que você estiver fazendo, bancando o santo, ou me torturando, ou de fato me tratando como amiga, eu odeio ficar no escuro.

— Com certeza não mais do que eu odeio ver a mulher que eu amo beijando outro cara bem na minha frente. E eu achei que poderia ser com o Matt qualquer dia desses, conseguindo o que ele tanto quer, mas não, parece que foi um cara aleatório.

E ficaram em silêncio por um tempo, Amber constrangida sem saber o que dizer, e Frank avaliando seus próprios sentimentos.

— Quer conversar no carro?

E sem responder ela foi andando na direção do carro.

— Frank, às vezes eu tento ser uma mulher empoderada, que sabe o quer, como conseguir, mas, sabe, eu só tenho 22 anos, eu não estou muito longe daquela garota de 15 anos, e você me confunde o tempo todo. Eu não consigo esquecer o que você disse, o que você fez e sinto que minhas atitudes às vezes são reflexos das suas, como se eu quisesse me vingar de você de alguma forma, dar o troco na mesma moeda, mas eu não sou assim.

— Eu sei que você não é assim, eu sei e nunca vou esquecer tudo de bom e de ruim que aconteceu entre nós. E não importa se você beijou aquele cara, você está solteira, e a culpa disso é minha mesmo, é por isso que estou tentando me redimir. Eu vim aqui para saber se você chegou bem, mas também para te dizer que eu já entendi quem eu preciso ser para ser digno de você, do seu perdão. E o fato é que não posso ser o cara que queria ter sido hoje, que com certeza ia dar um soco naquele babaca te beijando e ia te puxar para mim, mas as coisas não podem ser assim, né? Tomou tudo de mim me controlar hoje, e por isso eu olhava fixamente para você, porque só de você podia vir a força que eu precisava para ser um cara melhor. Um cara que vale a pena você perdoar.

Amber colocou as duas mãos no rosto de Frank, olhando bem no fundo dos seus olhos, ele parecia exausto.

— Obrigada por ter se controlado, eu não precisava ter feito aquilo, não imaginava que você estaria ali, me desculpe por fazer você ver aquilo, eu sei que não foi fácil quando foi comigo. Mas não sei por que, por incrível que pareça, acho que avançamos um pouco hoje, crescemos talvez, mas não queria te magoar para isso.

— Só tem um jeito de você me magoar, se tirar minha esperança, que eu sinto que continuo podendo ter.

— E pode. Deve.

Amber deu um beijo demorado no rosto dele, abraçando-o, e logo após saiu do carro e foi para casa.

Eternizado em âmbar

Frank saiu dirigindo com tranquilidade, pensando que talvez aquilo fosse maturidade, saber lidar com as coisas ruins de uma maneira serena, sem desespero, buscando melhorar, e não piorar as coisas. Ele sabia o quanto odiou o que viu, mas o amor dele era muito maior do que qualquer ódio momentâneo ou raiva cega, que foi justamente o que o colocou na situação que se encontra hoje, sem Amber.

CAPÍTULO 27

Chegou o dia de véspera de Ação de Graças, Frank mandou por mensagem que buscaria Amber às 20h e que seria no restaurante de Steve, para terem o máximo de privacidade.

Amber desceu as escadas da portaria do prédio hipnotizando Frank com sua beleza sexy e ao mesmo tempo delicada, com cabelos soltos e um vestido de seda amarelo, preso no pescoço, com decote nas costas. Amber havia comprado às pressas para essa ocasião, aquele olhar do Frank para ela valia a pena o preço do vestido e da maquiagem, principalmente depois da noite anterior.

— Você está extraordinariamente maravilhosa.

— Você também.

Abriu a porta para ela entrar, e em dez minutos já estavam no restaurante.

— Obrigada por vir, Steve fechou uma ala para nós, logo atrás daquela porta.

E quando o garçom abriu a porta para eles, Amber pôde ver uma mesa com muitos lugares, mas só a mãe de Frank estava lá, provavelmente as outras partes estavam atrasadas.

— Olá, Sra. Hellen, que bom te ver de novo.

— Minha linda, você está estonteante, é maravilhoso não só vê-la de novo, como ver meu filho feliz de novo.

Frank puxou a cadeira para Amber se sentar, ao lado de sua mãe, e elas conversaram brevemente enquanto Frank foi ao banheiro. Hellen disse que estava a par de tudo, e que com sua parte das ações colocaria os planos de Frank em ação e lidaria com Hans depois. Destacou que o apoio de Amber era essencial, e ela entenderia o porquê.

Quando Frank voltou do banheiro, trouxe consigo outras pessoas. Amber viu entrando dois homens, provavelmente das pesquisas, e logo atrás três pessoas entraram, e o queixo de Amber caiu, as lágrimas escorreram de imediato, levantou na mesma hora, ignorando os dois homens desconhecidos, e foi direto para os braços de seu pai, que estava na frente, depois sua mãe, e por fim sua prima Rafaela.

Olhou para eles, olhou para Frank, atrás de respostas, e finalmente falou com seus pais.

— Eu estou sonhando? Que saudade! Como vocês estão aqui, o que está acontecendo que eu não sei, mãe?

— Filha, vamos nos sentar primeiro.

Do outro lado da mesa, Frank estava emocionado pela felicidade dela, que sentiu que também ser sua felicidade.

— Amber, querida — começou explicando seu pai, Richard. — Algumas semanas atrás Frank entrou em contato comigo, depois que você enviou a pesquisa com nossos telefones, e nos convidou a vir aqui discutir as possibilidades do Will, bem como avaliá-lo pessoalmente. Como viemos no jatinho dele, Rafaela veio junto, estava morrendo de saudades.

— Prima, por isso não conseguia te responder as mensagens, com a minha língua enorme ia acabar estragando a surpresa. Vamos ficar até depois do Natal, não é maravilhoso?

Rafaela era apenas um ano mais velha que Amber, por isso foram sempre tão próximas, estudaram juntas desde criança e era incrível que ela estivesse ali. E que Frank tivesse proporcionado isso, porque ainda que seus pais tivessem conhecimento para ajudar Will, diversos outros médicos com abordagens mais progressistas nos Estados Unidos estavam ao alcance dele, como ele mesmo destacou quando nem sabia da especialização dos pais de Amber.

Aparentemente, Frank buscou seus pais no aeroporto e já havia conversado com eles durante muito tempo, então agora dava atenção aos outros dois cientistas, que foram apresentados depois da emoção do reencontro da família Rodrigues Benson. Enquanto Amber estava apresentando seus pais e Rafaela a Hellen, assuntos iam surgindo, junto com afinidades. Parecia muito mais um jantar em família do que uma reunião, Amber e Frank trocavam olhares felizes, e ela pôde perceber que era justamente esse o objetivo, apesar dos outros médicos estarem ali, e com certeza em algum momento seus pais trocariam figurinhas entre eles. O que Frank queria era fazer uma surpresa para Amber, e realmente conseguiu.

— Bem, agora que vamos para a sobremesa, que não pode falar — disse Frank olhando para Amber, relembrando a piada interna deles —, vamos marcar uma reunião formal, para a próxima segunda, no escritório

Eternizado em âmbar

do meu apartamento, com a maior parte dos médicos especialistas que consultei, todos concordam? — disse referindo-se aos pais de Amber e sua mãe, Hellen, que concordaram.

Após a sobremesa, os dois especialistas se despediram, deixando somente as famílias na mesa, e Hellen logo tomou a palavra.

— Amanhã é dia de Ação de Graças, sei que não comemoram no Brasil, mas seria um grande prazer recebê-los em minha casa, com minha família. Oportunidade que Ana e Richard terão de conhecerem meu caçula, Will, o que acham?

Frank olhou apreensivo para a mãe e depois para Amber, pensando se esse jantar incluiria Sara, Michael e Hans. Antes que pudesse pensar em falar alguma coisa, a mãe de Amber respondeu:

— Adoraríamos, mas não queremos dar trabalho. Podemos deixar a visita ao Will para o dia seguinte.

— Mas não é trabalho nenhum, eu e Linda cozinharemos, e será uma noite em família, será um prazer tê-los conosco.

E assim concordaram, Amber ficou tão pensativa quanto Frank, com a cabeça girando, não sabia nem onde os pais estavam, se levaria eles para casa de Matt e Melissa, não gostava de fazer esse tipo de coisa sem avisar ou pedir antes, não queria ser invasiva, e como se Frank estivesse lendo seus pensamentos, disse:

— Acomodei seus pais no Plaza, reservei um quarto para sua prima também, mas ela disse que, se fosse possível, adoraria ficar com você, mesmo que fosse para dormir no chão.

— Obrigada, Frank, ela deve estar com tanta saudade quanto eu, vou falar com Matt e Melissa primeiro. Mas vamos mesmo continuar agindo como se você não tivesse feito nada? Você buscou meus pais no Brasil, eu fiquei sem reação, surpresa de verdade, você sabendo e organizando tudo isso enquanto eu estava beijando outro cara ontem! — falou constrangida e arrependida, mas continuou: — Claro que te agradeço, mas quais os motivos por trás disso? E o jantar de Ação de Graças, família feliz, eu me sento entre Sara e Michael, e você ao lado do seu pai?

— O único motivo por trás é tentar consertar as coisas com você, te ver feliz me deixa feliz, e se você achar que não deve ir amanhã, se quiser falar com seus pais para recusarem, eu converso com minha mãe, não quero que se sinta obrigada a nada, só que aproveite sua família, mate as saudades, e quando eles puderem, verão Will, e daremos andamento nos planos. Quanto ao meu pai e meu irmão, eu deixei isso por conta da minha mãe, não sei se estarão lá ou não, não sei o que ela falou com eles, se falou, mas eu estou confiando nela. Depois que me abri com ela, ela mudou completamente, reduziu os remédios, com auxílio do psiquiatra, porque realmente está se sentindo mais forte e capaz, com esperança. Acho que é um dos motivos para eu estar mais controlado também.

— Eu reparei isso de cara, ela parece outra pessoa, imagino que a pessoa que sempre foi antes do acidente. Não sei o que vai acontecer amanhã, mas algo me diz para ir, algo me diz que devemos confiar na sua mãe, e que se algo der errado, eu sinto que preciso estar lá ao seu lado, o que é uma loucura, porque essa sensação se parece muito com um ato de perdão.

Nesse momento, Frank abraçou Amber e falou em seu ouvido:

— Você não vai se arrepender se me perdoar, você estando ao meu lado eu sinto que posso tudo, e se você quiser ir embora, eu vou te apoiar e sair junto com você, nunca mais vou deixar de te ouvir, e sempre vou acreditar em você. Eu te amo tanto, Amber, que só esse abraço já me preenche e tranquiliza, mas não posso deixar de lembrar todo o resto.

Disse ele olhando para ela, bem próximos, mas ela não estava pronta, e ele não ia forçar nada, deu um beijo em cada bochecha e um último na testa.

— Posso te levar em casa?

Meio tonta pela proximidade, e pelo beijo que quis dar, mas não teve coragem e iniciativa, Amber disse que podia levá-la, que primeiro ia ligar para Melissa e ver se havia problema Rafaela ficar lá. E é claro que Melissa não se importou nem um pouco, ainda mais depois da conversa que as duas tiveram alguns dias antes, Rafaela estar ali parecia coisa de filme.

Todos se despediram, os pais de Amber foram levados pelo motorista de Hellen ao Plaza, e Frank levou Amber e Rafaela para casa. Chegando lá, não se demoraram na despedida, já era tarde e tinha muito o que falar com a prima, além de apresentá-la a Matt e Melissa, se não estivessem dormindo.

— Pego vocês aqui amanhã por volta das 19 horas, tudo bem?

— É, Frank, vou ver meu melhor vestido ou uma armadura talvez seja mais seguro, bom preparar a sua também — disse Amber com um deboche que Frank já sentia falta.

Eternizado em âmbar

— Durmam bem, e pode deixar que vou pensar em um traje resistente. — Frank deu uma piscadinha para Amber e entrou no carro, assim que elas fecharam a porta do prédio, ele foi embora.

— Olha, eu não gosto da coisa, mas, meu Deus, que homem é esse, prima, foi esculpido? E aqueles olhos? Nem os meus são tão azuis, pena que tem um pênis entre as pernas — disse rindo. E Amber retrucou:

— Não é nenhuma pena para mim, se você quer saber, aliás... Esculpido do início ao fim, às vezes olho para ele e nem acredito. Ai, mas já tem tempo que não olho — disse Amber fazendo cara de triste.

E assim as duas foram rindo até chegar ao apartamento e darem de cara com Melissa na sala. Apresentações feitas, Melissa falou para que ela se sentisse à vontade, que Matt já estava dormindo, mas que amanhã faria o café para todas. Despediram-se com beijos de boa noite e, ao chegar no quarto, acomodando as malas e arrumando as coisas para dormir, Rafaela disse:

— Aquela sim é meu tipo. Melissa, né? Com a minha sorte, provavelmente ela é heterossexual.

— Olha, prima, você não poderia estar mais enganada.

Rafaela arregalou os olhos, e a conversa longa entre as primas, já deitadas na cama, começou, todos os ocorridos foram contados, mas por algum motivo Rafaela ficou mais feliz com o fato de Melissa também ser lésbica. Ambas dormiram até melhor depois de se recordarem das aventuras e planejar os próximos dias. Mesmo ouvindo tudo que Frank fez, Rafaela achava que valia a pena dar outra chance, então era mais um ponto para o time Frank.

CAPÍTULO 28

No dia seguinte que soube de toda a situação, Hellen decidiu que primeiro iria falar com o filho mais velho para entender o porquê de ele ter feito o que fez.

Assim que Michael chegou em casa, sua mãe lhe lançou um olhar bem diferente dos últimos tempos, e na hora ele percebeu que havia algo errado.

— Oi, mãe, como a senhora está radiante!

— Obrigada, meu filho, acho que abrir os olhos deixa qualquer um mais radiante.

— A senhora está diferente, para o lado bom, mas aconteceu alguma coisa?

— Eu que te pergunto. Aconteceu de você ter pego as pastas na sala do seu irmão e roubado as ideias dele, um segredo descoberto por sua amante, Sara, e depois vendido a ideia para o seu pai para conseguir se divorciar de Susan sem as represálias dele?

Michael engoliu a seco, sua mãe havia jogado tudo de uma só vez, e ele não sabia por onde começar, porque nunca achou que esse assunto chegaria nela. Afinal, estava sempre oscilando o humor, deprimida, mas agora parecia melhor.

— O que está acontecendo aqui, mãe, quem te contou tudo isso?

— Quem contou você deve imaginar, mas é o que menos importa. O que eu quero saber é qual sua versão para esses fatos, porque eu acreditei na versão que ouvi.

— Mãe, eu não vou mentir, mas são meias verdades, por que o Frank não sabe o que eu estava passando com a Susan em casa, ela me chantageava, dizia que se eu ousasse pedir o divórcio ela ia fazer um escândalo, e o meu pai ia me matar por isso. Mas quando Sara falou desses planos do Frank, que Amber havia contado a ela, eu pensei que era a oportunidade que precisava para fazer Sr. Hans ficar do meu lado nesse divórcio, e funcionou, porque ele conversou com a Susan, e ela fez as malas do dia seguinte.

— E em qual momento você deixou de se preocupar com o próprio umbigo e pensou em pôr os planos em prática, principalmente no que diz respeito ao tratamento do William?

177

— Eu não pensei muito nisso, mas meu pai vem me cobrando, e só lendo o planejamento, observações, os contatos que ele fez, tudo que estava nas pastas, eu não consigo realizar a logística que ele planejava implementar das cafeterias livrarias. Na verdade, eu repeti as palavras de Frank, dei alguns dados, e meu pai comprou na hora, mas eu não faço muita ideia de como seguir com aquilo que ele idealizou.

— Ou seja, você estava infeliz no casamento, e fez igual uma criança roubando o brinquedo do seu irmão, que você nem sabe colocar para funcionar. E isso envolve o futuro do seu outro irmão, envolveu o presente de Frank, que terminou de maneira horrível com Amber e foi ridicularizado pelo seu pai. Meu filho, eu te pergunto, estar com essa Sara vale tudo que você causou e as coisas boas futuras que anulou?

Michael ficou pensativo, porque sabia que estava errado, mas não queria admitir porque para ficar com Sara faria tudo de novo.

— Estou esperando uma resposta sua, meu filho.

— Mãe, eu não posso dizer que me arrependo, porque a Sara é o amor da minha vida, e honestamente eu nem sei por que me casei com Susan, talvez porque estava tão arrasado com o acidente de Will que me deixei levar pelos planejamentos dela. Mas eu não queria ter magoado o Frank, a Amber, enganado o meu pai, mas a senhora conhece ele, eu não queria nem estar à frente da empresa, e ele me colocou lá, parece que todas as decisões que eu tomo são pensadas com medo das reações dele. Se ele descobrir isso, ele vai acabar com a minha raça.

— Pois ele vai descobrir, e será você a contar. Conhecendo seu pai tão bem, sabe que ele vai querer tudo o que você prometeu, e se é só o Frank que pode realizar, você não só vai contar para o seu pai, como vai se desculpar com seu irmão. E eu, como mãe, estarei do seu lado, não vou permitir que o Hans seja mais injusto com o Frank ou com você, eu fechei os olhos para essa situação por muito tempo, já chega.

— Não seria melhor a senhora me ajudar a convencer o Frank a tocar o projeto comigo? Assim o papai não precisa saber de nada.

— Eu disse que chega, Michael! Quando vocês vão compreender que Hans é pai de vocês, não é o inimigo, e se é assim que ele se mostra para vocês, tudo tem que mudar. Eu não criei meus filhos para se traírem, para terem um medo surreal do pai a ponto de cometerem erros terríveis, mas

Eternizado em âmbar

talvez não imperdoáveis. Filho, eu quero conhecer a Sara, eu quero entender o seu lado, mas vocês dois erraram muito. E o Frank, em cascata, errou com a Amber. E no final das contas, nada foi feito, Will ainda está naquele quarto, com o mesmo tratamento tradicional de sempre. Eu quero meus três filhos bem, e o Hans que eu conheci um dia não era assim, nervoso com tudo, chegando a culpar tanto um filho que ele se sente na obrigação de fazer algo para reverter uma culpa que nem tem. Ou oprimir tanto você que se sentiu obrigado a fazer o que fez. Mas isso não tira o seu erro, nem o de ninguém. Sugiro, ou melhor, se seu pai manda, eu também mando, que sou dona de metade de tudo que vocês atribuem só a ele, então eu ordeno que você encontre dentro de você um jeito de se desculpar com seu irmão e encarar seu pai. Se quiser sair da empresa, saia, se estar lá te faz tão infeliz, eu vou apoiar você, meu filho, desde que você haja corretamente dessa vez.

Foi tanto para assimilar que Michael nem soube o que responder e ficou em silêncio, reflexivo, pensando que a mãe costumava ser assim quando eles eram crianças, adolescentes, protetora, mas correta, e o coma do William tirou o brilho dela, mas ele estava vendo esse brilho ali, mesmo em meio ao pesadelo da ideia que era confrontar o pai com a verdade.

— Mãe, me desculpe. Acho que tanto eu como o Frank sempre queremos fazer as coisas por nossa conta, para não te preocupar, ou não irritar o poderoso Sr. Hans, principalmente nos últimos três anos, e claro que eu sei que o Frank estava tentando sozinho, mas era algo do bem, já eu fiz só maldade.

— Filho, você não é nenhum monstro, mas sabe exatamente o que fez. Você vai para casa e amanhã você volta, eu vou tentar contornar com seu pai, mas as palavras sairão da sua boca.

— E o Frank, não sei como ele vai me perdoar.

— Vocês são irmãos, você vai encontrar um jeito, e mamãe ajuda, mas por favor, meu filho, sem mais mentiras.

Michael concordou com todas as imposições da mãe. Já em casa, conversou com Sara sobre tudo, e ela concordou com tudo e completou que não só ele, mas também ela deveria assumir a responsabilidade por seus atos, dando forças para ele ir à casa dos pais no dia seguinte e conversar com o pai.

Foi um caos pai e filho de portas fechadas na biblioteca, do lado de fora Hellen escutava tudo se perguntando quando deveria entrar. E foi quando Hans começou a xingar Michael, assim como havia feito com Frank, segundo ela soube, que ela abriu a porta e olhou os dois, que se calaram surpresos com sua interrupção.

— Imagino que Michael já tenha confessado tudo o que fez, certo? — questionou Hellen.

— Então você também sabia disso o tempo todo?

— Hans, chega! Basta desse temperamento acusatório, em que todos erram e você é o único certo. Isso fez mal para essa família, seu filho fez a mesma coisa com a então namorada, Michael também, só que de maneira mais ardilosa. Então, se agora ele está assumindo seus erros, não vai ser xingando ele que você vai incentivá-lo a se corrigir. E não, não sabia disso o tempo todo, porque todos estavam me poupando de tudo, mas isso acabou.

Hans, ao ouvir a esposa, ficou surpreso, mas também contente, era a mulher pela qual ele havia se apaixonado que estava ali diante deles, e essa mudança de Hellen deu um estalo dentro dele também.

— Pai, eu sei que eu errei, eu não estaria aqui me humilhando se não fosse para tentar melhorar a relação da nossa família, eu não quero viver eternamente brigado com Frank, ou mentindo para você, mesmo que eu só tenha enxergado isso de fato depois que minha mãe me chamou aqui ontem e disse o que eu precisava ouvir.

— Michael, você está aqui se humilhando? Se quer saber de humilhação, deveria perguntar ao Frank, pois eu o chamei até de ladrão por culpa sua.

— Hans, esse erro foi seu, você tinha a opção de acreditar no Frank, colocar seus filhos lado a lado e descobrir a verdade, mas preferiu agir daquela forma, e é justamente isso que precisa parar. Todos têm sua parcela de culpa, até eu por ter esquecido de dar a atenção devida aos meus dois mais velhos porque estava triste demais pelo Will.

Hellen falou essa última frase com lágrimas nos olhos, o que comoveu tanto Hans quanto Michael, que foram até ela. O marido a abraçou como não fazia há tempos e disse:

Eternizado em âmbar

— Me perdoe, meu amor, por deixá-la sozinha nessa dor. Cada um de nós se revoltou de um jeito, e no lugar de nos unirmos, nos separamos.

— Eu perdoo você e também você, meu filho. Mas vocês precisam se perdoar e pedir perdão ao Frank.

Não era o melhor dos climas, mas havia mais mágica na verdade que na mentira, e talvez assim a família pudesse se unir novamente, pensou Hellen, e disse:

— Aliás, eu acho que o dia de Ação de Graças é um belo dia para isso, porque eu quero um Natal em família. Então, eu cozinho com a Linda, vou conversar o que preciso com Frank, e vocês dois façam o que devem fazer.

CAPÍTULO 29

Chegado o dia de Ações de Graça, Amber estava se arrumando com a prima, Melissa e Matt já estavam na casa dos pais desde o dia anterior.

Nesse momento, Melissa mandou uma mensagem:

> *"Vim desejar feliz Ação de Graças para vocês. Depois do jantar aqui com nossos pais vamos naquele pub novo que abriu perto do Hunter's. Como está em semana de inauguração e a concorrência com o Hunter's é grande, vai ter um show hoje lá, então por que vocês não vão para lá depois?"*

Rafaela pegou o celular da prima, e com sua autorização, respondeu à mensagem:

> *"Eu não sei como será entre minha prima e o tal do Frank, ou o que vai rolar nesse jantar hoje, mas de antemão eu adoraria ir."*

— Então se eu não for, eu te deixo lá, Rafa, desde que você não ouse magoar a Mel, ok?!

— É a última coisa que eu tenho em mente.

Rafaela aproveitou para pegar o número de telefone de Melissa.

Quando a prima foi para a sala, Amber começou a escrever uma mensagem para Matt:

> *"Matt, hoje eu tenho muito a agradecer pelo grande amigo que você sempre foi. Me desculpe se não correspondi às suas expectativas ou aos seus sentimentos, mas saiba que você é um cara incrível e sempre estará no meu coração. Eu te adoro."*

Praticamente na mesma hora Matt respondeu:

> *"Eu também te adoro, Amber, e sempre estarei aqui para você. E já que hoje é o dia de agradecer, com certeza ter te conhecido e poder desfrutar da sua presença entra nessa lista de agradecimentos. E eu espero que você seja feliz, qualquer que seja sua escolha."*

Pela hora, não demoraria muito mais até o carro que viria buscá-las chegar. Seus pais estariam no carro, iriam todos juntos enfrentar sabe-se lá o que naquela mansão dos VDB. Entre medo e borboletas na barriga, Amber repetiu para si mesma que esta seria uma noite decisiva. Perdoar Frank parecia algo que ela estava disposta a fazer, mas não sabia se poderia confiar nele ou entregar seu coração novamente.

Linda recebeu Frank na porta e já foi logo dizendo que tanto seu pai, quanto Michael e Sara já estavam lá dentro, conversando na biblioteca.

Frank chegou a respirar fundo, olhou para cima, pensou em dar meia volta e ir embora. Mas lembrou que precisava dar um voto de confiança para os planos de sua mãe, que Amber logo se juntaria a ele no jantar e que talvez o único jeito dela perdoá-lo fosse ele perdoando o pai e o irmão também. Mesmo que naquele momento, ali no batente da porta de entrada, ele só conseguisse pensar na cara de pau de Michael em aparecer com Sara para comemorar o dia de Ação de Graças.

— Oi, meu filho, como está bonito todo de azul marinho, combinando com mamãe?

— Amber disse que eu tinha a quem puxar a beleza, né?!

— Falando nela, combinei com eles às 20h e pedi que você chegasse uma hora antes, porque não quero envolver os pais dela nisso. Digo isso como um clima que ao primeiro momento eu confesso que não será dos melhores, mas depois ficará tudo bem.

— Linda disse que estão todos reunidos na biblioteca, a senhora quer que eu vá lá, né?

Eternizado em âmbar

— Nós vamos, filho, nós todos, juntos. E quando a Amber chegar, será um verdadeiro jantar de Ação de Graças, se Deus quiser.

— Vamos lá então, a cova dos leões.

— Filho, modifique esse temperamento, te garanto que as pessoas lá dentro já estão com outra atitude.

Ao entraram na biblioteca, Hans foi o primeiro a se levantar, olhando para o filho com um olhar terno e, sem saber por onde começar, caminhou em direção a ele e deu um abraço, sussurrando desculpas ao seu ouvido. Enquanto Michael e Sara permaneciam cabisbaixos na outra poltrona.

— Pai, o senhor sabe pelo que está se desculpando?

— Por não ter te dado um voto de confiança, por ter acreditado somente em Michael, por tratá-los de maneira desigual, mesmo que a dor de nós todos seja a mesma. Me desculpar por toda culpa que eu te fiz carregar, meu filho. E pelas coisas horríveis que disse.

Frank não respondeu nada, meio que desconfiado do que estava ouvindo. Qual seria o truque, ele se questionava. Michael levantou e se juntou aos dois em pé de frente para o bar, serviu três doses de whisky e deu aos dois, dando um grande gole no seu próprio copo.

— Irmão, nossa mãe falou comigo que você contou a ela.

— E agora você vai achar ruim eu ter te exposto, reclamar que te queimei para a família depois de tudo que você me fez?

— Não, não é nada disso. Na verdade, foi a melhor coisa que você poderia ter feito, acho que não estaríamos aqui sem ela, e eu não teria a oportunidade de assumir o quanto errei com você e peço teu perdão por isso, o quanto eu menti e enganei para conseguir algo que queria, e feri as pessoas que mais amo.

— Entendo de ferir quem mais se ama. Will, Amber... E nem sempre tempos uma chance de reparação e...

Hans interrompeu a frase de Frank dizendo:

— Filho, se eu te culpei por Will, e Deus que me perdoe, eu culpei mesmo, eu peço também o seu perdão. O seu irmão pediu perdão a mim, e agora a você, acho que todos nós temos que nos perdoar. Quanto a Amber, acho que de tanto me ver agir como um pai idiota, você agiu como um namorado idiota, e por isso me desculpo também. E antes que sua mãe fale que eu estou xingando você de novo, não é isso, mas se temos que aprender com essa situação, vamos aprender todos juntos.

— Olha, eu não sei que conversa a mãe teve com vocês, mas se vocês estão baixando a guarda, eu devo a ela baixar a minha também. A verdade é que eu não aguento mais viver assim, brigávamos antes, mas éramos próximos, e agora parece que só nos culpamos e brigamos uns com os outros. Você me chama de ladrão por roubar planos do Michael, e a primeira coisa que eu penso é que minha namorada está tendo um caso com ele e que confabularam contra mim. Que família disfuncional é essa?

— A família que não queremos ser mais — disse Hellen. — Sara também está aqui porque já conversou comigo e se arrepende da contribuição dela nisso tudo, ela também sente falta de Amber e imagino que seja recíproco. Então, quando eles chegarem, vamos ter um jantar de paz e graças? Sei que as dores não se vão de uma hora para outra, mas que esse seja um recomeço para todos nós, tudo bem?

E todos ficaram de acordo, Hans com seu jeito autoritário teve que ceder à voz da razão, enquanto Michael estava tentando afogar a culpa no whisky, e Frank parecia desconfiado de tudo. Mas foi ele que tomou uma atitude, retirou o copo das mãos de Michael e disse para que fossem para a sala de jantar esperar pelos outros, e estendeu a mão a Sara para se levantar, erguendo uma leve, porém promissora, bandeira branca de paz.

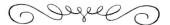

Enquanto todos já aguardavam na sala de jantar, assim que ouviu barulho de carro estacionando na frente da casa, Frank correu para a porta, ansiava por Amber e queria falar com ela a sós antes do jantar. Ele os recebeu juntamente com Linda, que encaminhou Richard, Ana e Rafaela para a sala de jantar, enquanto Frank pediu um minuto para Amber.

— Estão todos aqui, é isso que quer me falar? Para eu me prevenir?

— Sim, estão todos aqui, e de alguma forma todos me pediram perdão e eu perdoei e acho que o tempo nos ajudará a confiar uns nos outros novamente, querem pedir perdão a você também, por te colocarem no olho do furacão ainda que indiretamente. Mas claro que quem tem mesmo que

Eternizado em âmbar

buscar o seu perdão sou eu, e ontem você falou que estava tentada a me perdoar, é verdade?

— É verdade, Frank, e acho que você fez certo em perdoá-los também, provavelmente como eu vou perdoar a Sara. Mas isso não quer dizer que quero me relacionar com você novamente.

E essa última frase rasgou o coração e as esperanças de Frank, que mal ouviu quando Amber pediu que seguissem para sala de jantar para não atrasar os planos.

Ao chegarem na sala, os pais de Amber já haviam sido apresentados a Michael e Hans, inclusive Hellen disse a qualificação profissional deles e que eles ajudariam a pôr em prática tudo que Frank idealizou.

Amber cumprimentou Sara, que estava conversando com Rafaela, e no início do cumprimento de Amber, Sara não se conteve e a abraçou, dizendo:

— Tenho sentido tanto sua falta. Michael e eu percebemos que sequer vamos ser felizes com vocês nos odiando. Me desculpe, Amber, por ter traído sua confiança.

— Não sei se é o clima de Ação de Graças, mas sinto que todos sairemos redimidos daqui hoje, Sara.

E o jantar transcorreu como Hellen havia planejado, só faltava Will à mesa, ela pensou. E com isso começaram as conversas sobre a nova ciência que seria capaz de dar alguma chance de Will sair do coma, e todos se inteiraram do assunto, pais, filhos e convidados. Parecia que a saúde de um ente querido podia transpor muitas barreiras, juntos eram mais fortes, e a família van der Berg enfim estava entendendo isso.

Na saída, os pais de Amber se despediram dela e voltaram ao hotel, já que ela havia dito que iria para um pub novo com amigos. Frank ouviu a conversa e perguntou se podia acompanhá-las. Rafaela respondeu que sim antes que Amber pudesse pensar.

— Ele vai com a gente e já temos carona, prima — disse Rafaela, dando uma piscadinha diante de uma Amber receosa.

A primeira coisa que fizeram ao chegar no pub após cumprimentar todos que estavam lá foi reparar no constrangimento visível entre Matt e Frank, até que Frank foi até ele.

— Também gosta de whisky, Matt?

— Como todo bom escocês ou descendente.

— Uns dizem que os irlandeses são melhores, mas eu prefiro os escoceses também.

— Temos mais de um gosto em comum então.

— Sobre isso, Matt, eu queria dizer que fui totalmente desnecessário com você naquela boate quando te vi com Amber, só enxergava em vermelho naqueles dias, espero que possa relevar.

— É uma boa atitude da sua parte vir até mim para dizer isso, eu torço pela felicidade da Amber, seja com quem for, quero que saiba disso.

— Eu também, não pretendo desistir dela, mas acho que ela já desistiu de mim, enfim.

— Eu não diria isso, cara, na verdade eu realmente não deveria dizer isso, mas para bom entendedor um pingo é letra. Se for para fazê-la feliz, não vou me colocar no caminho, e parece que posso até ajudar, isso se você for um bom entendedor.

Após dizer isto, Matt foi de encontro a outros colegas que estavam presentes, enquanto Frank ficou se perguntando "ele quis dizer que ela não desistiu de mim? Não é o que parece, sinto que tenho o perdão, mas não o amor dela de volta".

Já passava das 3 horas da madrugada e Melissa e Rafaela pareciam muito animadas para terminarem a noite em casa depois de darem alguns beijos, que fizeram Rebeca olhar meio torto.

— Mel, você ainda curte aquela garota? — perguntou Rafaela.

— Na verdade acho que foi mais uma paixão, sei lá, acho que nunca houve respeito ou reciprocidade.

— Eu entendo, mas quero te dizer o quanto estou feliz em estar aqui com você, você é tão linda e maravilhosa que eu fico me perguntando se é de verdade, essa coincidência toda de eu ter vindo para os EUA justo agora.

— Espero que seja verdade, mas se for um sonho ou uma falha na matrix, só espero que continue como está — Melissa falou e as duas riram e voltaram às carícias e aos beijos.

Amber foi avisar Frank que pediriam um carro, que ele não precisava se preocupar. Ele resgatou uma coragem do Frank de seis anos atrás disse:

— Por que elas não vão com o Matt e você vem comigo?

Eternizado em âmbar

Amber não esperava por aquela pergunta, ela sabia o que queria responder, mas achava que não deveria, entretanto, quando foi a última vez que ela resistiu a fazer o que queria enquanto olhava para aqueles olhos carentes e ao mesmo tempo incisivos de Frank?

— Não acho uma boa ideia — Amber falou e fez uma pausa que correspondeu ao tempo que o coração de Frank ficou sem bater. Mas ela prosseguiu: — Matt está com os amigos dele e deve ficar até mais tarde, mas você pode levá-las em casa e depois eu vou contigo para o seu apartamento, com uma condição. O que quer que aconteça, não entenda como promessa de nada.

— Combinado, você quem manda.

E assim se apressaram a deixar Rafaela e Melissa em casa e foram ao apartamento. Assim que entrou na sala, Amber olhou ao redor e começou a chorar, falando com a voz embargada.

— Eu acho que não consigo ficar aqui, eu só lembro de você me mandando ir embora, parecendo outra pessoa, como se eu não tivesse nenhuma importância para você.

Abraçando Amber e enxugando suas lágrimas ele disse:

— Eu sei que o perdão pode vir, mas o esquecimento não, então se lembre como algo que nunca mais vai acontecer. Aquele Frank que te disse aquelas coisas, que agiu sem pensar, de maneira leviana, ele não volta mais. Eu não vou permitir 1% daquele Frank perto de você. Jamais.

— Eu quero muito acreditar nisso, Frank.

— Então acredita hoje e me deixa passar todos os outros dias te provando que pode continuar acreditando. Eu vou fazer o impossível para ser digno do seu perdão.

Amber olhou para baixo, respirando acelerado e falou baixinho.

— Você sabe que eu já te perdoei, o que não quer dizer que quero me arriscar de novo.

Frank levantou seu rosto, encarou seus olhos cor de âmbar, marejados, porém lindos como sempre, e pediu para que ela fechasse os olhos e ele fecharia também, já tinha posto uma música do John Legend para tocar, e disse:

— Sem nenhum de nós enxergar nada, será que confiamos um no outro para dançar? E o que mais a gente quiser fazer?

E com isso ela fechou os olhos primeiro, metade dela era medo, a outra metade arfava de ansiedade. Ele fechou os seus olhos e acariciou os cabelos dela, como se quisesse gravar a textura, o cheiro, e ela não se conteve em também fazer o mesmo, agora com uma sensação muito diferente de antes, não havia aquele mesmo cabelo para fazer carinho, só uma textura de veludo que estava começando a crescer meio arrepiado, que de alguma forma também a deixava excitada.

E cada vez se aproximavam mais, já não iam no ritmo da música, tinham um ritmo próprio.

Ela tocava nos ombros largos dele, e ele fazia círculos com a ponta do dedo pelas costas dela, nuas pelo decote. Até que perceberam o ar quente próximo de mais, saindo da respiração um do outro, e sem precisar abrir os olhos, suas bocas se encontraram, e se beijaram como se fosse a primeira vez em anos, um beijo com saudade e cheio de desejo.

Frank desceu a alça do vestido de Amber, que estava sem sutiã, mas ele não viu nada, só sentiu o bico do seio dela tocando sua camisa, e enquanto ele beijava seu ombro, começou a tirar a camisa, pois o que ele queria, ela também ansiava.

Amber deu uma mordida no peito dele assim que conseguiu se livrar da camisa, que se seguiu de um gemido vindo dele, que já estava com as mãos nos quadris dela, puxando-a para cima, e ela foi agarrando no pescoço dele e entrelaçando as pernas no seu quadril.

Ainda de olhos fechados, ele a encostou na parede, sussurrando:

— Eu te amo, eu vou te amar para sempre, eu vou te esperar para sempre, mesmo que hoje não seja promessa de nada.

— Frank, eu menti para você tentando mentir para mim mesma, não sei quem eu estava tentando enganar, eu queria não te querer, pois eu ainda tenho medo de me machucar, mas eu te quero tanto, de todos os jeitos, aqui e agora e depois.

Com essa declaração, Frank abriu os olhos e pediu que ela abrisse os dela também. Olharam-se com esperança e desejo.

— Não serei eu a te machucar de novo nessa vida, Amber. Eu serei quem estará sempre ao teu lado, rindo e chorando com você, não sendo aquele que te faz chorar, só se for de alegria. É uma promessa que faço para ti e para mim mesmo.

Eternizado em âmbar

E já não havia como retornar dali, os dois estavam entregues um ao outro, beijaram-se novamente, completamente excitados, ele a levou para o quarto, deitou-a na cama, tirou sua calcinha, que já estava molhada, e ele mesmo tirou a cueca, estavam desesperados para se pertencerem novamente.

E foi assim quando ele a penetrou, como se pertencessem um ao outro, como se aquela união de corpos fosse uma união de almas, e nenhum dos dois ia abrir mão disso de novo. Concordaram usando os braços, as pernas e as línguas para dizerem, em silêncio, que não iam mais se separar, que nem eles próprios seriam capazes de se autodestruírem, tudo aquilo ficaria no passado, e o futuro seria assim, como aquela noite.

CAPITULO 30

Assim que acordou, Frank foi até a gaveta do banheiro procurar pelo anel de âmbar e o colocou em seu dedo novamente. Fez um café, comprou um croissant na padaria em frente ao prédio, o preferido dela, e foi levar o café da manhã na cama em uma bandeja, como já havia feito antes, e pretendia fazer sempre, se ela permitisse.

— Bom dia, meu amor.

— Hum, cafezinho na cama, eu posso me acostumar com isso — disse ela, espreguiçando-se e rindo.

— Por favor, se acostume, me obrigue a fazer todos os dias e serei um homem obediente.

Amber sentou na cama, puxando o lençol para cima por instinto talvez, já que estava completamente nua.

— Tudo correu bem ontem no jantar e aqui. Eu me pergunto se estou acordada ou dormindo.

— Como você está se sentindo? Porque eu estou ainda mais feliz do que no nosso primeiro dia, se é que isso é possível.

— Eu estou bem, extraordinariamente bem.

— E você está bem acordada, mas eu vou garantir que você se sinta assim até quando estiver dormindo.

— Você está usando o anel — disse ela enquanto pegava na mão dele. — Me promete que nunca mais vai tirar, não importa o quanto as coisas fiquem feias, que você nunca vai deixar de me ouvir e acreditar em mim? Porque eu posso prometer que sempre serei honesta com você.

— Eu prometo. E eu sei que você sempre foi honesta, eu que não soube merecer seu amor e sua sinceridade, mas agora eu aprendi. Acho que você é parecida com minha mãe, conseguindo fazer os homens mais tapados enxergarem a verdade, o perdão, o caminho certo. Eu falei que você ia iluminar meu caminho, lembra?

— Lembro. Quero que você ilumine o meu também.

E antes mesmo de tomarem o café se amaram novamente, com mais calma e paciência, de corações redimidos.

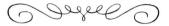

Os dias foram passando, e depois de algumas reuniões, ficou decidido que Michael e o pai cuidariam de transformar os imóveis vazios da empresa em *Coffee&Books* para gerar renda ao projeto de estudos do coma e reabilitação pós-coma. Enquanto Frank, que já havia feito contato com pesquisadores e médicos, ficaria responsável pelo Instituto de Pesquisa de Neurociência William van der Berg.

Ele pediu ajuda de Amber para escolher todos os livros que seriam vendidos na livraria e idealizar a estética que ela imaginasse como mais acolhedora para leitores ávidos como ela, e loucos por café como ele. Ela concordou, mas disse que não deixaria a Editora Harper, pois pretendia publicar seu próprio livro com o selo daquela editora, para ela sentir que foi algo que ela conquistou, mas que não se importaria que os próximos fossem com o selo da Editora VDB.

Frank contratou os pais de Amber para que, mesmo remotamente, pois logo voltariam ao Brasil, supervisionassem a pesquisa do instituto. Eles examinaram Will, conversaram com os médicos que cuidavam dele e indicaram outra equipe médica que Richard conhecia bem, de Winsconsin, envolvida com as pesquisas de eletroestimulação neural para pacientes em coma.

Na primeira semana após o jantar de Ação de Graças, Amber continuou morando com os Millers. Na segunda semana de hospedagem de Rafaela já eram como família, visto que ela e Melissa se deram muito bem juntas e já estavam conversando sobre namoro a distância.

Mas cada dia que passava Frank lembrava Amber que não fazia sentido ela continuar lá, e não no apartamento dele, já que eles passavam juntos todo o tempo que não estavam trabalhando.

— Eu vou, mas tem uma condição.

Frank riu, dizendo que ela sempre tinha condições, e que ele sempre aceitaria todas.

— Eu quero enfeitar o apartamento todo para o Natal.

Ele riu mais ainda, pois era um pedido tão simples de realizar, e ela amava o Natal, já havia dito isso algumas vezes.

— Eu posso ajudar? Prometo não criticar a paleta de cores que você escolher.

— Claro que, para o nosso primeiro Natal, vai ser uma coisa mais tradicional, verde, vermelho e dourado, muito brilho para todos os lados. E globos de neve. Ahhhh, será que veremos neve esse ano? Nossa, seria tão perfeito.

— Amo ouvir você falar "nosso primeiro Natal", porque significa que é o primeiro de muitos.

— E é, não é? — disse ela sorrindo, indo em direção a ele e beijando-o com felicidade.

O dinheiro realmente acelerava as coisas. Em menos de quinze dias, e antes do Natal, o conglomerado VDB inaugurava sua primeira Coffee&Books. Com certeza pai e filhos reunidos adiantou muito o processo, o que era animador. Frank pensava que demoraria ainda cerca de um ano para o instituto de pesquisas estar em pleno funcionamento, mas os pais de Amber queriam acelerar as coisas com os estudos que já haviam levantado e a equipe médica que veio de Winsconsin 100% patrocinada pela VDB, que já contava com a certeza dos lucros provenientes das Coffee&Books.

Várias abordagens de tratamento foram alteradas, a fisioterapia era mais intensiva que antes, mas Dr. Richard Benson tinha certeza que o que precisava ser estimulado era o cérebro de Will, que tudo indicava não ter sofrido lesão, e por ele conseguir respirar sozinho, ser jovem, era mais certo ele acordar do que permanecer no coma. Apesar de nesses três anos Will contar com tudo que o dinheiro era capaz de comprar, a abordagem tradicional não estava funcionando com ele, e nada era feito de diferente. Não havia como esperar diferentes resultados fazendo as mesmas coisas, dizia a equipe médica para a família de Will, e com o amparo do conhecimento prático do Dr. Richard e da Ph.D. em neurociência Ana, as coisas prosperariam.

Parecia um milagre que fossem os pais de Amber as pessoas a darem esperança a Will, e consequentemente a Frank. Amber realmente iluminava o caminho dele de todas as formas possíveis.

Caroline Greco Regly

O pai de Amber sugeriu internar o William no hospital referência de New York, para que um novo procedimento fosse realizado com todo o aparato necessário para todos os cenários possíveis, positivos ou não, e que não havia motivos para esperar mais tempo.

Uma vez internado, na semana que antecedia o Natal foi realizado um primeiro procedimento, que visava implantar eletrodos no cérebro de Will, que enviariam ondas elétricas para estimular o tálamo centro lateral, região no cérebro que estaria associada à consciência.

A explicação era de que, ao estimular aquela área, ele poderia ter movimentos e chegar a acordar, mas que a tentativa já havia sido feita em outros pacientes, que obtinham resultados, porém ao desligar os eletrodos, o paciente voltava ao estado de coma. Era uma abordagem inovadora, e uma das muitas que os pesquisadores sugeriam tentar em sequência caso não obtivessem o resultado esperado.

No dia 21 de dezembro, os eletrodos foram ligados, em alguns minutos Will mexeu pernas e braços quando estimulados, somente na presença dos neurocirurgiões, como se o cérebro estivesse sendo acordado com aqueles choques. Will chegou a abrir os olhos, os médicos mantiveram tudo ligado por 30 minutos, e ele permaneceu acordado, não falou nada, mas era responsivo a luz e movimentos. Para o sucesso estar completo, eles precisavam desligar os eletrodos e o cérebro continuar acordado, mas ao desligarem, Will parou com os movimentos e já não respondia com o olhar. Após exames feitos, foi verificada a atividade cerebral ainda mais ativa que antes do procedimento, mas não sabiam dizer por que não era o suficiente, já que se tratava de um tratamento experimental. O pai de Amber falou com a família.

— Foi uma primeira tentativa, o mais importante é sabermos que não será a última, em 48 horas vamos repetir a eletroestimulação.

Ao receberem a notícia de como se deu o procedimento, ainda na sala de espera do hospital, todos que estavam esperançosos e ficaram muito tristes, até que Amber disse:

— Eu sei que estávamos combinando de passar o Natal lá no apartamento, que eu e Frank enfeitamos tudo para receber vocês, mas será que o hospital nos permitiria passar o feriado aqui com Will, já que nos anos anteriores ele estava sempre em casa?

Com lágrimas nos olhos, Hellen disse:

Eternizado em âmbar

— Não é uma tradição americana fazer uma ceia na véspera do Natal, como vocês fazem no Brasil, aqui sempre comemoramos com presentes na manhã seguinte. Porque não fazemos a ceia no dia 24 no apartamento de vocês e no dia seguinte a gente vem para cá, dar nossos presentes, amor e carinho ao Will, o que acham?

— Eu acho ótimo, não vamos perder as esperanças, foi só a primeira tentativa — disse Frank.

CAPÍTULO 31

Era véspera de Natal e o apartamento estava todo enfeitado, Amber ficou mais empolgada do que Frank previra, mas vê-la feliz era o ápice da vida dele, ainda que as coisas não tivessem dado certo com Will na segunda estimulação. Onde havia vida, havia esperança, insistia Amber, repetindo a fala de seu pai.

Todos estavam reunidos, elogiando a decoração, a árvore, que estava enfeitada com fotos da família Rodrigues Benson e da família van der Berg, inclusive com uma foto de Will radiante, o que comoveu a todos.

— Bem, esse é a nossa primeira ceia de Natal, aqui no nosso apartamento, todos juntos, e é claro que sentimos a falta de Will conosco. Mas depois de tudo que passamos esse ano, acredito que estamos mais fortes como família, e de alguma forma Will vai sentir isso — disse Frank.

Hans ergueu a taça e fez um brinde.

— Ao William, e a toda a nossa família, que cresceu esse ano e mudou para melhor. Obrigado Amber, Richard, Ana, Sara. Meus filhos, minha adorada esposa. Em 2025 mostraremos tudo que aprendemos em 2024.

Todos brindaram e, batendo com o garfo na própria taça, Frank chamou atenção de

todos.

— Eu gostaria de reafirmar nessa noite, que é tão especial para ela, o quanto eu a amo. Amber, você é luz na minha vida, e eu não quero ver essa luz apagando nunca, e mesmo quando piscar, porque ninguém é de ferro 100% do tempo, eu quero estar lá para você e ser toda a luz, todo o amor, a cumplicidade e a força que você precisar.

Amber já estava com os olhos cheios de água, mas quando Frank afastou a cadeira e se ajoelhou, seus olhos se arregalaram, a boca abriu e ela imediatamente colocou a mão sobre ela, como quem quer segurar o queixo no lugar.

— Amber, você me daria a honra de ser minha esposa, companheira e parceira para o resto da vida? Você aceita se casar comigo?

Ele estendeu uma linda caixa com dois anéis, um de ouro com um lindo diamante com corte princesa na cor âmbar, e o outro anel, mais fino e sem pedra, era todo feito de âmbar das mais translúcidas, com acabamento em ouro, e dentro estava um fio de cabelo dourado do Frank.

Amber ficou atônita olhando para a caixa, emocionada, reparando nos detalhes dos anéis, que sabia que ele havia pensando e repensado até chegar àquela perfeição. Até que percebeu que estava demorando para responder, não por que não tinha certeza da resposta, e sim por que estava gravando cada detalhe do momento, mesmo que Rafaela estivesse literalmente gravando com o celular. Ao olhar para Frank, meio que suando frio com a demora, ela disse:

— Como no mundo eu poderia dizer outra palavra além de sim? Sim, mil vezes sim, para sempre!

E todos aplaudiram, enquanto eles se abraçavam e se beijavam, até que ele colocou os anéis no dedo dela, e ficaram perfeitos, feitos para ela, o amor deles eternizado em âmbar, nas mãos de ambos, para além da eternidade.

— Estudiosos vão encontrar seus esqueletos agarradinhos daqui uns 100 anos e o âmbar ainda estará intacto — falou Michael rindo e brindando ao momento.

— Nosso amor estará intacto também — disse Amber.

Foi quando soou a meia-noite e todos se desejaram feliz Natal, certos que aquele seria o mais feliz de todos até agora, até que o de 2025 tomasse seu lugar, sendo melhor ainda.

Quando todos foram embora, Amber pulou nos braços de Frank e começou a beijá-lo calorosamente. "Meu noivo", ela repetia.

— Quando foi que você preparou isso tudo? Minha família, sua família, todos aqui, o momento foi perfeito, olha para isso — apontou para a aliança —, não existe nada mais perfeito que essas alianças, só você.

— Só você — corrigiu Frank

E se amaram por toda a noite, até estarem fisicamente exaustos e Amber dizer:

— Você está muito cansado, né?

— A minha noiva quer mais uma vez. Olha, eu tenho fôlego de atleta, hein, não fique me testando — disse rindo.

— Perguntei porque são 4 horas da manhã, o que acha de tomarmos um banho e levarmos nosso presente para Will, sinto que ele te quer lá pri-

Eternizado em âmbar

meiro, e eu quero transmitir minha felicidade para ele, porque com certeza deve estar exalando pelos meus poros.

— Você tem certeza que não quer esperar amanhecer?

— Tenho.

E após um banho juntos, que demorou mais do que deveria, foram para o hospital, que estava relativamente calmo no final da madrugada, então não tiveram problemas para subir ao quarto do Will. O presente era uma lembrança, uma bola de Natal da árvore com a foto de Will e toda a família juntos.

Quando chegaram ao quarto, Will estava como no dia anterior. Amber se sentou em uma poltrona à esquerda e colocou a mão dela sobre a de Will, e Frank ficou na outra poltrona, à direita.

— Trouxemos isso para você, Will, presente de Natal, e uma novidade, eu já falei dela para você mil vezes e hoje ela está aqui de novo, a Amber, que quer te dar uma notícia.

— Will, você será oficialmente meu cunhado, então preciso que se recupere logo para me ajudar a domar o seu irmão. — E pegou os dedos de Will e os passou por cima dos anéis, do diamante, foi descrevendo o formato e o significado da cor âmbar.

— Esse foi o meu presente de Natal, casar com a mulher mais incrível e sexy do mundo, será que tem como superar?

Nesse momento, Amber e Frank se olharam sobre a cama de Will e ela disse:

— Vamos ter fé, no impossível, nós somos prova de uma forma de impossível, nos encontramos, reencontramos, e em pleno Natal, minha época preferida do ano, estamos noivos.

Amber sentiu um apertar em sua mão e mostrou para Frank. Os dois viam a mão se mexer, dedilhando a aliança de noivado, então ouviram uma voz rouca e arrastada falar:

— Já é Natal? — disse Will de olhos abertos, azuis como os de Frank, com ar sonolento.

Amber e Frank começaram a chorar, era um milagre acontecendo, era estudo, era neurociência, medicina, mas também era um milagre. Um milagre de Natal, nem um pedido a uma estrela cadente teria feito um desejo se realizar dessa forma. E só conseguiram abraçar Will, mesmo que de leve, pois ele ainda estava frágil e confuso.

— Frank, por quanto tempo eu dormi?

Uma das tantas perguntas que Will faria, que todos fariam, mas perguntas significavam conversas, e conversas significavam recuperação. E isso era sinônimo de felicidade para toda a família, principalmente para o milagre duplo que Amber e Frank faziam como casal.

Paz, amor, família e milagres, eternizados em âmbar.